Une autre histoire de famille

Catalogage avant publication de Bibliothèque et Archives nationales du Québec et Bibliothèque et Archives Canada

Durand, Claudie, 1948-
Une autre histoire de famille
Sommaire : t. 3. Séparations et retrouvailles
ISBN 978-2-89585-509-5 (vol. 3)
I. Durand, Claudie, 1948- . Séparations et retrouvailles. II. Titre.
III. Titre : Séparations et retrouvailles
PS8607.U715A97 2014 C843'.6 C2014-941580-X
PS9607.U715A97 2014

Les Éditeurs réunis bénéficient du soutien financier de la SODEC et du Programme de crédits d'impôt du gouvernement du Québec.

Nous remercions le Conseil des Arts du Canada de l'aide accordée à notre programme de publication.

Nous reconnaissons l'aide financière du gouvernement du Canada par l'entremise du Fonds du livre du Canada pour nos activités d'édition.

Édition :
LES ÉDITEURS RÉUNIS
www.lesediteursreunis.com

Distribution au Canada :
PROLOGUE
www.prologue.ca

Distribution en Europe :
DNM
www.librairieduquebec.fr

Suivez Les Éditeurs réunis sur Facebook.

Imprimé au Canada
Dépôt légal : 2015
Bibliothèque et Archives nationales du Québec
Bibliothèque nationale du Canada
Bibliothèque nationale de France

Claudie Durand

Une autre histoire de famille

3. Séparations et retrouvailles

LES ÉDITEURS RÉUNIS

À Éléonore, Estelle, Emma, Jérôme, Félix,
et à Alexandra, Audrey, Marie, Sophie,
Viviane, Catherine et Éveline…

Chapitre 1

Été 2008.

L'été battait son plein. Justine avait passé l'après-midi à lire dans la balancelle. De la véranda, elle profitait de la vue panoramique sur le fleuve. Ce soir, elle rejoindrait son amie Margot sur les plaines d'Abraham pour assister au concert de Charles Aznavour dans le cadre du Festival d'été de Québec.

De son côté, Pierre préférait s'occuper à l'intérieur pendant les grandes chaleurs. Au frais ! Pas question pour lui de s'installer dehors. L'air sec et le soleil l'écrasaient. Il boudait l'été avec le ventilateur et le climatiseur. Depuis qu'il était retraité, il travaillait souvent son piano et s'adonnait à la marche.

Comme il serait seul à la maison ce soir, il projetait de s'en donner à cœur joie : il répéterait une version de la célèbre *Sonate au clair de lune* de Beethoven. Il aimait mieux reprendre inlassablement sa partition plutôt que de s'asseoir sur une chaise de parterre inconfortable au milieu d'une foule hétéroclite. Quelques années auparavant, il accompagnait sa douce sans rechigner. Il savait trop bien qu'elle adorait cette activité estivale. Maintenant, Margot, l'amie d'enfance de Justine, l'avait remplacé, et c'était très bien ainsi.

Incapables de se séparer de leur maison, Pierre et Justine habitaient toujours l'Auberge Inn. Tous les deux retraités, ils prenaient plus de temps pour entretenir leur demeure et le terrain. Par ailleurs, la famille recomposée ne cessait de s'agrandir. Bref, le couple n'envisageait pas de vivre ailleurs. L'arrivée des petits-enfants, année après année, leur donnait raison. La maison était parfaite pour loger tout ce beau monde lors des *partys*, et la cour convenait pour diverses activités estivales.

Béatrice, leur première petite-fille, avait maintenant huit ans. Les garçons d'Olivier et Marie-Hélène venaient d'avoir sept et six ans. Sept autres petits-enfants les suivaient. Lors des rencontres familiales, les dix petits formaient une joyeuse ribambelle aussi bruyante que touchante. De plus, le nouveau conjoint de Caroline s'était ajouté au groupe. Chaque année, il fallait rallonger les tables. Ce printemps, ils s'étaient retrouvés vingt-quatre lors du brunch de Pâques.

Dans la famille recomposée, seul Paul, le benjamin de Justine, et sa blonde Zoé n'avaient pas de rejeton. Pour l'instant, le couple multipliait plutôt les voyages. Même s'ils n'étaient pas pressés de fonder une famille, ils venaient souvent passer des fins de semaine à Québec. À l'Auberge Inn, Paul croisait souvent sa sœur Brigitte accompagnée de son conjoint Arnaud et de leurs enfants, ainsi que son frère Olivier et sa famille. Ce dernier vivait avec Marie-Hélène depuis bientôt quatorze ans. Ces rencontres familiales : du bonbon pour Justine.

Les Biron n'étaient pas en reste. Isabelle, Caroline et Julien venaient régulièrement à la maison. Caroline et son conjoint

Joël, médecins de famille à la même clinique, avaient adopté deux petites Vietnamiennes, Sue et Sao May. La famille était immédiatement tombée amoureuse de ces frimousses aux yeux bridés.

Après l'aventure invraisemblable de la naissance de Béatrice, Isabelle et Thomas avaient conçu deux garçons, Antoine et Gabriel. Âgés de trois et quatre ans, ces garnements prenaient beaucoup de place.

Quant à Julien et Rose – les seuls mariés à l'église –, ils avaient engendré Pénélope, une fillette adorable. Elle avait une particularité : elle était asthmatique. Même si les premières années avaient été difficiles, une routine de vie stable et une médication appropriée donnaient enfin du répit aux parents. Aujourd'hui, si quelqu'un croisait cette gamine de cinq ans pour la première fois, il la trouvait pétante de santé. En réalité, elle restait vulnérable – surtout quand survenaient des rhumes ou de vives émotions.

Pas une journée ne passait sans que Justine ou Pierre évoquent une phrase ou une mimique d'un petit. Ils parlaient leur jargon, imitaient leurs moues. Dieu qu'ils aimaient ces bambins spontanés ! Ils se considéraient comme bénis d'être régulièrement en contact avec ces enfants joyeux et assoiffés de vie. Les nombreuses photos sur les murs en témoignaient.

Chaque année, après la Fête nationale, les enfants, conjoints et petits-enfants partaient en vacances. Chacune des petites familles allait généralement au chalet, à la mer ou en camping. Privés de la présence de leur tribu, Justine et Pierre se divertissaient autrement.

Au mois d'août, les parents retournaient au travail et les petits, à la garderie ou aux camps de jour. On organisait alors des rencontres familiales pendant les fins de semaine : pique-niques, barbecues, cueillette de bleuets, framboises, pommes ou autres récoltes.

Cette année, en septembre, Justine et Pierre partiraient à leur tour ; ils séjourneraient dans les vieux pays. Depuis quinze mois, ils s'entraînaient sérieusement pour marcher le chemin de Compostelle, un accomplissement en couple. La réalisation d'un rêve. Mais ce serait un défi d'importance, particulièrement pour Justine, de traverser les nombreuses montagnes de ce parcours. Certaines de ses amies croyaient qu'elle souffrait peut-être d'agoraphobie. Cependant, Justine tenait mordicus à ce périple. Depuis la fin de l'hiver, elle suivait rigoureusement un programme d'entraînement quotidien, tant physique que mental, afin de vivre cette aventure paisiblement.

Quant à Pierre, ayant abandonné définitivement le jogging en raison de l'arthrose à un genou, il s'enthousiasmait de ce projet. Même si l'adrénaline de la course lui manquait un peu, il allongeait ses marches avec plaisir. Là-bas, le couple prendrait le chemin Camino francés du nord de l'Espagne, un peu moins escarpé que d'autres chemins sillonnant la France.

Sac au dos, bâton de marche et petites auberges simples attendaient Justine et Pierre. Peut-être se heurteraient-ils à divers ennuis : ampoules aux pieds, insolations ou dortoirs insalubres. Des amis y avaient goûté ! Cependant, ils en parlaient en ajoutant une touche d'humour ou des révélations étonnantes à leurs récits.

Pierre et Justine voulaient profiter de leur jeune retraite pour réaliser ce rêve. Respectivement âgés de soixante et un et cinquante-neuf ans, ils étaient en bonne santé, suivaient les conseils d'experts et marchaient actuellement de huit à dix kilomètres quatre fois par semaine. Ils portaient des chaussures de randonnée de grande qualité et se chargeaient d'un havresac pesant cinq kilos et demi. Il leur restait encore deux mois pour améliorer leur performance et marcher vingt-cinq kilomètres en terrain ascendant.

Pourquoi avaient-ils choisi Compostelle ? Pour garder la forme et bien vieillir, mais aussi pour l'expérience du moment présent. D'autres marcheurs encensaient cette expédition de longue haleine : un pas à la fois, un moment à la fois, apprendre à vivre sans se soucier du passé ni de l'avenir. Marcher tout simplement d'un point à un autre. Toujours la même tactique.

Une école de vie ! C'est ce qu'on racontait.

Justine entra dans la maison. Comme elle le pensait, elle trouva Pierre entouré de paperasses devant l'ordinateur.

— Une limonade, mon chéri ? proposa-t-elle en enlevant son chapeau de paille. Dis-moi, tu ne t'ennuies pas, seul à l'intérieur ? ajouta-t-elle au bout d'un instant.

Pierre lui donna un bisou dans le cou, refusa son offre et lui jura qu'il était le plus heureux des hommes. Elle l'aurait parié, mais elle aimait l'entendre le répéter.

— Pas de téléphone, pas de courriel des enfants, Pierrot ?

— Dis donc, toi, trouves-tu le temps long avec moi ? la taquina-t-il.

— Jamais de la vie ! Mais normalement on reçoit des nouvelles d'eux pendant leurs vacances, non ?

— Selon moi, ça se passe comme d'habitude. Dans une semaine, ils appelleront tous en même temps.

Justine ferma les yeux pour déguster la première gorgée de sa boisson glacée. Pierre se coupa une grosse pomme et se versa un café. Cet homme respectait ses habitudes, peu importe les saisons.

Installé face à Justine à la table de la cuisine, pièce fraîche à ce moment de la journée, il examina sa femme.

— L'été, tu as les yeux plus bleus, ma chérie. C'est beau avec tes cheveux gris.

— Ne commence pas, Pierre Biron !

— Quoi ? Je te complimente et tu m'envoies promener !

— Excuse-moi, mais je ne suis pas encore habituée à mes cheveux gris. C'est ça qui me tarabuste dans ta phrase. Mes yeux paraissent plus bleus simplement parce que ma peau est bronzée.

— Moi, ça ne m'a jamais dérangé, les cheveux gris…

— Les hommes l'acceptent généralement mieux. C'est différent pour les femmes, mon chéri. Nous, il faut qu'on prenne la décision de ne plus se teindre les cheveux, et c'est toute une démarche, crois-moi.

— Encore Mars et Vénus !

— J'imagine…

— Est-ce que tu soupes avec Margot ce soir ? Et… as-tu prévu un stationnement ?

Parfois, Pierre ne pouvait s'empêcher d'être paternaliste.

— On apportera notre lunch et on mangera en attendant le *show* sur les Plaines. Ça nous donnera du temps pour jaser… Je te laisserai seul pour souper. Ça ira ?

— Il y a un reste de pizza au frigo ; je me consolerai avec ça.

— Je garerai l'auto au Manège militaire. C'est six dollars pour la soirée.

— N'oublie pas ton macaron.

— Promis, papa !

En cet été 2008, on fêtait le 400e anniversaire de la Ville. Québec bourdonnait d'activités. Les gens avaient le choix de concerts, spectacles en plein air, kermesses, parades... Les points culminants seraient le spectacle de Céline Dion et celui de Sir Paul McCartney. Ça faisait jaser. Des moments inoubliables en perspective et toute une ambiance en ville !

Justine était contente de retrouver Margot ce soir pour voir et écouter le chanteur de charme Aznavour. Chaque année, les filles se payaient ce qu'elles appelaient leur *trip* de placotage pendant le Festival d'été de Québec. Elles installaient leurs chaises vers dix-huit heures, alors que le spectacle ne commençait qu'à vingt et une heures. Ainsi, elles avaient amplement le temps de manger et de bavarder.

Margot et Justine se connaissaient depuis leur tendre enfance. Élevées dans le même village, elles ne s'étaient jamais perdues de vue. Toutes petites, elles avaient joué ensemble des journées entières. Puis elles avaient partagé leurs secrets d'adolescentes, chanté dans la chorale, participé au mouvement scout. Au début de la vingtaine, elles avaient dansé, assisté à des *showers*, des mariages et des fêtes de toutes sortes. À vingt-cinq ans, habitant loin l'une de l'autre, elles avaient enfanté et éduqué leur famille respective. Elles s'écrivaient régulièrement et, de temps à autre, se payaient une bonne jasette dans un resto. Depuis le retour définitif de Margot à Québec, les deux infirmières retraitées se voyaient plus souvent. Elles se plaisaient à répéter que leur amitié avait cinquante-cinq ans. Et c'était la vérité !

Elles ravivaient parfois leurs souvenirs :

— Te rappelles-tu quand on allait chez Ti-Pet Auclair ?

— Oh oui ! On y achetait des rouges à lèvres, nos premiers.

— On s'habillait toutes les deux de la même manière. Tu te souviens de nos shorts à pois ? On était fières sans bon sens…

Chapitre 2

Les deux filles arrivèrent en même temps à la place George-V avec leurs chaises et leurs sacs à dos. La soirée s'annonçait magnifique. À dix-huit heures, le thermomètre affichait encore 30 degrés.

Plus enveloppée que Justine, Margot avait aussi les cheveux gris et les yeux bleus. Enfants, elles se ressemblaient beaucoup et on les prenait parfois pour des sœurs.

— Salut, Margot ! Ça y est, c'est parti !

— C'est parti, mon kiki !

Elles se donnèrent l'accolade en riant.

— As-tu tes bas et ta petite laine pour tantôt ? demanda Margot à son amie frileuse.

— Tu sais bien que je n'oublie jamais ces objets indispensables ! s'écria Justine. Et toi ? As-tu ton fromage et tes raisins pour la fringale de fin de soirée ? ajouta-t-elle avec humour pour rivaliser avec sa copine.

Margot répliqua aussitôt :

— J'en ai pour deux. Mais moi, à soixante ans, je n'ai toujours pas besoin d'apporter un chandail !

Elles éclatèrent de rire. Au fil du temps, les deux complices avaient partagé plusieurs expériences, tant légères que sérieuses.

Tout en avalant leurs sandwichs et leurs crudités, les amies firent le tour des nouvelles. Justine parla de Brigitte, d'Olivier et de Paul, tous en couple.

— Brigitte et Arnaud, on dirait que c'est le bonheur tranquille à la banlieue. Ma fille a vraiment l'air heureuse… Un garçon, une fille, une maison, un jardin, un chien, un chat… Comme sur la page couverture du catalogue Sears !

— Brigitte chante-t-elle encore ? s'enquit Margot. Elle a tellement une belle voix.

— Pour l'instant, non. Elle est débordée avec les petits, le travail, l'implication à la garderie. Des fois ça me fait de la peine qu'elle ait arrêté…

— Aujourd'hui, les femmes travaillent beaucoup, elles s'impliquent dans toutes sortes de causes et passent le reste de leur temps sur Twitter et Facebook…

Justine se mit à rire.

— En plus d'organiser des fêtes d'enfants inoubliables, de jogger sur l'heure du dîner, de magasiner régulièrement, de confectionner des menus santé. Nos filles sont performantes !

— Justine…

— Tu es bien sérieuse, tout à coup !

— Ma fille divorce...

Margot avait les larmes aux yeux. Justine cessa tout de suite de rigoler. Pas un divorce ! Pauvre Margot... Ses petits-enfants seront dans les valises. Oh là là !

— Quoi ? Toi aussi ? commenta Justine pendant que son amie essuyait ses larmes.

Après le « quoi » de Justine, des gens s'étaient mis à zieuter les deux filles. En rangs d'oignons dans leurs chaises de camping, ces spectateurs semblaient attendre la suite de l'histoire.

— Ça va ? demanda finalement un homme au thorax bombé, portant le t-shirt du Festival et son macaron clignotant.

— Mais oui ! s'empressa de répondre Margot. Tout va très bien ! On se raconte nos petites histoires. Ça faisait longtemps qu'on ne s'était pas vues. Et voilà !

Telle une chorégraphie, les gens retournèrent à leurs conversations.

Margot chuchota :

— Pourquoi as-tu dit « toi aussi » ?

— Parce que j'ai plein de copines qui ont des enfants qui se séparent. En plus... J'ai bien peur que les familles Renaud et

Biron ne soient pas épargnées par ce fléau. De mon côté, Oli et Marie-Hélène n'en mènent pas large. Du côté de Pierre, c'est pareil ; Julien et Rose ont des problèmes.

Elle jeta un coup d'œil autour d'elles avant de poursuivre :

— Pour Oli et sa blonde, les choses semblent se replacer pour l'instant. Mais Rose et Julien sont en pause. Julien a même loué un loft…

— Julien, c'est le plus jeune de ton *chum* ?

— Oui. Il est marié avec Rose, mon amie infirmière.

— Il y a tellement de monde dans votre famille reconstituée ! La femme de Julien, c'est celle qui est en charge d'un CLSC… et qui fait une dépression, n'est-ce pas ?

— Oui. Rose et Julien vivaient un amour fou ! Ça a duré huit ans. Ils se sont connus en 2000, tout juste avant notre mariage, à Pierre et moi.

Ensuite, Margot relata les difficultés de sa fille. Justine l'écouta religieusement. Puis elle se tut. Justine lui serra la main en signe d'affection.

Quelques instants plus tard, Margot lança :

— De toute façon, Justine, toi aussi, tu as vécu un divorce et tu t'en es remise. Aujourd'hui, les statistiques sont claires : un couple sur deux se sépare…

— Je ne suis pas inquiète pour nos enfants, mais pour nos petits-enfants…

Justine vit de nouveau les larmes brouiller la vue de sa compagne. Elle fouilla dans une pochette de son sac à dos et lui tendit un mouchoir. Les deux pieds dans le chagrin de sa fille, Margot avait une longueur d'avance sur elle. Justine n'en était qu'à soupçonner qu'Olivier ou Julien se sépareraient peut-être.

Une femme se tourna vers les deux amies et engagea la conversation. Elle leur apprit la nouveauté de cette année sur les Plaines : l'ajout d'autres écrans géants bien placés. Quelle bonne idée ! L'inconnue était complètement absorbée par les fêtes du 400e de la Ville ; elle ne voulait rater aucun spectacle. Elle leur montra son agenda aux pages amplement garnies.

— Je vais penser à ta fille, dit Justine à Margot quand la femme abandonna la conversation.

— Et moi, à ton fils… et au fils de ton *chum*. Et à Rose, la petite infirmière sentimentale…

— J'ai des palpitations rien qu'à y songer. Au moins, les enfants d'Oli sont assez grands maintenant. À six et sept ans, ils vont à l'école. Pénélope, la fille de Julien, entrera à la maternelle en septembre.

Justine se souvint alors qu'Olivier avait tendance à boire davantage ces derniers temps. Sans doute vivait-il beaucoup de stress. Elle garda cependant ce détail pour elle. À l'heure actuelle, le problème était peut-être réglé.

Le soleil descendait et la température avait perdu quelques degrés. Les gens enfilaient des chandails et enlevaient leurs chapeaux. Justine se leva. Derrière elle, elle découvrit une véritable marée humaine. Les petites lumières des macarons du Festival d'été clignotaient. C'était magique.

— Chaque année, je suis impressionnée, dit-elle.

Margot retrouva le sourire. À son tour, elle observa la foule qui s'était massée derrière Justine et elle pendant leur échange de confidences.

— C'est fou, non ?

— Bon festival, mon amie !

— Tope là ! Bon festival, Justine !

Les grands-mères retraitées s'installèrent confortablement pour le spectacle. Elles mirent de côté leurs peines pour se laisser gagner par l'ambiance et chanter avec leur idole de la chanson française.

La vie continuait !

La pause fut la bienvenue. Après l'absorption de plusieurs boissons, Margot et Justine s'imposèrent une visite au petit coin. Ayant pris place dans le long serpent que formait la file, elles reprirent leur causerie :

— La santé, ça va ? demanda Justine à son amie.

— Super bien ! s'écria Margot. Ma cure de vitamines a eu raison de ma pneumonie. La naturopathe a visé plus juste que les antibiotiques de la médecine traditionnelle. Je ne te retournerai pas la question, Justine. Grâce à ton entraînement, tu as vraiment l'air en forme !

— Ce n'est pas si sûr ! Ce matin, j'ai reçu un appel de mon médecin. Elle veut que je reprenne ma mammographie.

— Quoi ? Ils ont vu quelque chose ?

— Oui et non ! Il y aurait une toute petite zone ombrageuse douteuse, répondit Justine. Margot, c'est top secret ! Je n'en ai pas encore parlé à Pierre. Je le connais, il va capoter. Il s'inquiète facilement quand il s'agit de moi. Avec raison ! Il sait à quel point ce genre d'affaires me stresse.

— As-tu pris ton rendez-vous ?

— Euh… non, pas encore.

— Écoute-moi bien, Justine Renaud ! Tu appelles demain et tu me téléphones après. Je te connais ! Ne laisse pas la peur t'empêcher d'agir. C'est trop important ! Je t'accompagnerai, si nécessaire…

Pour alléger l'ambiance, Margot plaisanta :

— Je veux garder ma partenaire de spectacles en plein air ! Tu sais que mon mari est pantouflard et que mes autres amies détestent les foules.

Justine promit. Elle entretenait insidieusement la peur de devoir entamer un processus de traitement contre le cancer du sein qui saperait son énergie pendant un an. Mais elle en avait vu d'autres ! Elle vivait un paradoxe : malgré sa grande crainte, elle retardait l'examen. Par contre, au fond d'elle-même, elle refusait de croire à la présence d'un cancer. Personne dans sa famille n'avait souffert de cette maladie.

Le spectacle se termina vers vingt-deux heures trente. Ensuite, tout le monde convergea lentement vers les stationnements. Les filles lambinaient. Elles fredonnaient encore les rappels en pliant chaises et bagages. La nuit chaude et étoilée était de toute beauté et les gens semblaient heureux.

Justine revint chez elle autour de minuit. Pierre dormait dans leur chambre, un roman policier à côté de lui, sa lampe de chevet encore allumée. Habituellement, il l'attendait ; mais cette fois, le sommeil l'avait gagné.

Elle se prépara un petit lunch à la cuisine. Devant la télé muette, elle repensa à ses discussions avec Margot. Le divorce de sa fille, la génération où un mariage sur deux aboutissait à un constat d'échec, la promesse de prendre rendez-vous pour la mammographie…

Perdue dans ses réflexions, elle n'entendit pas Pierre qui marchait dans la maison. Elle faillit s'évanouir lorsque, les cheveux à la Einstein – dont se moquaient les petits – et la voix légèrement rauque, son mari lui annonça en entrant dans le salon :

— Chérie, Oli s'est fait arrêter et a pété la « balloune ». Il…

La main sur le cœur, elle s'exclama :

— Quoi ? Oh non !

— Marie-Hélène a téléphoné aux alentours de vingt-deux heures. Olivier venait d'arriver du poste de police en taxi.

— Mais… qu'est-ce qui s'est passé, pour l'amour du bon Dieu ? Marie a-t-elle donné des détails ?

Pierre bâilla longuement, puis il raconta :

— Ça a l'air qu'Oli se serait accroché les pieds dans un bar de la Grande Allée. Il n'avait donné aucune nouvelle à l'heure du souper. C'est lui qui, en principe, devait emmener les garçons au soccer… ou au baseball, je ne sais plus trop. Ton fils appelle toujours lorsqu'il est en retard, et…

— Et… ? Continue, s'il te plaît, chéri…

— Et Marie-Hélène était très anxieuse.

— J'imagine !

— Quand le policier l'a contactée, elle n'était plus inquiète, mais plutôt en colère. Elle a fait dire à Olivier de prendre un taxi, qu'elle paierait. Oli ira verser une caution demain. La semaine prochaine, Marie devra aller récupérer la voiture à la fourrière municipale.

— Le policier… Qu'est-ce qu'il a dit ?

— Quelque chose comme deux fois le taux d'alcool permis dans le sang, je crois…

Justine se mit à pleurer. S'emparant de la boîte de papiers-mouchoirs, elle larmoya :

— Oh ! Que je n'aime pas ça ! Que je n'aime pas ça, cette affaire-là !

Ils jasèrent un peu, puis Pierre suggéra à Justine de se reposer. Ils ne pouvaient rien faire cette nuit. De toute façon, Olivier et Marie-Hélène avaient maintenant l'âge de s'occuper de leurs problèmes.

— Tu n'es pas d'accord, chérie ? insista Pierre. Rappelle-toi lorsqu'on avait trente ans !

De plus, ils verraient Marie-Hélène le lendemain matin avec les enfants. Elle passerait chercher ses lunettes de soleil avant de se rendre chez ses parents à Repentigny, où les petits et elle habiteraient quelques jours.

Crevée, triste, se sentant impuissante, Justine accepta d'aller se coucher. Dans la pénombre de la chambre, pendant que le couple se mettait au lit, elle maugréa :

— Veux-tu bien m'expliquer ce qui arrive à Oli ? Il n'était pas comme ça avant…

Pierre bâilla. Même s'il percevait la peine de Justine, il avait de la difficulté à rester éveillé.

— Avant quoi ? marmonna-t-il.

— Depuis un an, Marie travaille beaucoup. Oli est souvent seul avec les garçons. Il est bien avec eux, mais il s'ennuie peut-être. En tout cas… Il a maigri et n'a pas l'air heureux comme avant. Les changements ont commencé avec l'achat de la grosse maison dans la rue du Parc, et l'immense piscine. Et tout ce faste, à l'intérieur comme à l'extérieur…

Justine se tut. Elle n'obtiendrait aucune réponse à ses questions ce soir. La respiration de Pierre laissait plutôt entrevoir le début d'une bonne nuit. D'ailleurs, elle aussi avait besoin de sommeil. Se résignant, elle éteignit sa lampe de chevet. Les pensées continuèrent néanmoins d'affluer. Malgré la fatigue, elle ne parvenait pas à s'endormir. Pourtant, elle voulait augmenter la longueur de sa marche demain matin !

« Les enfants, c'est pour la vie ! » disait sa mère. Petits enfants, petits problèmes. Ouais ! Grands enfants, grands…

Justine s'éveilla tôt. Elle enfila une chemise à carreaux sur son pyjama. Après avoir glissé ses pieds dans des mules, elle se prépara un café et sortit s'installer dans la balancelle. Pierre dormait encore. Inutile de réveiller le bienheureux.

Quel beau matin ! Le mélange des verts, le mauve des pétunias, les géraniums d'un rouge éclatant dans les boîtes à fleurs, le ciel d'un bleu pervenche, le parfum des rosiers, le fleuve à marée haute, le reflet d'un soleil discret et la douce brise du sud… Justine prenait le temps de goûter la nature. Elle savourait la beauté et voulait croire que tout était en ordre et surveillé par la vie. Était-ce pareil pour les humains ?

La veille, elle avait perdu sa quiétude habituelle. Elle songea à son fils Olivier. Ce n'était pas la première fois qu'il se trouvait dans de mauvais draps. Elle avait peur pour lui, craignant qu'il brise sa famille. Marie-Hélène et lui s'aimaient-ils encore ? Olivier était-il alcoolique ? Il y avait des cas dans la famille : son grand-père, son oncle… et elle-même, qui en avait abusé un temps, jadis. C'était peut-être génétique ? Si oui, Olivier essaierait-il de s'en sortir ?

— Mon Dieu, puis-je aider mon fils ? murmura-t-elle.

Un rayon de soleil la réchauffa ; elle se rendormit presque. Un peu plus tard, Pierre vint la trouver avec un plateau rempli de victuailles pour le déjeuner : pain de ménage maison offert par la voisine, petites fraises des champs cueillies la veille, fromage, café chaud.

— Bonjour, ma belle chérie !

— Allô, mon amour !

— As-tu bien dormi, finalement ?

— Oui, mais à cinq heures j'avais les yeux grands ouverts. Un vrai *spring*! Plus capable de rester au lit. La tête me tournait : Oli, Marie, les garçons… où est-ce qu'ils atterriront ? On voit bien que ça ne tourne pas rond… Il me semble qu'Oli devrait consulter ou aller chez les AA.

— Oli nie probablement son problème. Jusqu'à présent, il prétend que c'est accidentel ; un oubli, un laisser-aller, un moment de fatigue… Mais il aura trente-deux ans, et c'est un grand garçon maintenant.

— On dirait que tu veux me passer un message… Tu penses que je devrais me mêler de mes affaires ?

— Qu'est-ce que tu peux ou veux faire ?

Elle se mit à pleurer.

— Je ne sais pas. Je pensais appeler Brigitte ou Paul. Mais ils sont en vacances. On peut tout dire à un frère ou à une sœur, non ?

— Qu'est-ce que tu voudrais qu'ils fassent ?

— Ils pourraient lui conseiller d'entrer dans les AA ou d'entreprendre une thérapie, quelque chose comme ça…

Ça sauverait peut-être son couple. Caro pourrait sûrement l'aider, elle aussi ! Mais pour l'instant, nos enfants sont tous en vacances !

Pierre haussa les épaules. Il ignorait ce qui serait le mieux.

— Marie finira par perdre patience, reprit Justine. Si Olivier boit encore et que Marie-Hélène et lui se séparent, il peut perdre la garde des enfants. C'est la dégringolade, parfois, dans de telles histoires. On ne verra pas souvent nos petits ! Moi, ça me vire à l'envers, cette affaire-là… !

Pierre essaya de lui changer les idées.

— Mange un peu, ma belle ! Après, on ira marcher. Il ne faut pas oublier Compostelle. Nos rejetons ont leur vie et nous avons la nôtre !

— Bien sûr ! C'est si difficile, tout ça… Nos deux belles-filles gagnent de gros salaires. Rose est en *burn-out* et Julien a peut-être recommencé à courir la galipote. Ils ne sont pas en pause pour rien ! Pour Oli, ce n'est pas mieux. Même si une séparation est plus courante aujourd'hui, ça reste douloureux.

— Voyons, ma chérie ! Marie-Hélène et Olivier n'en sont pas là. J'adore mes belles-filles, et pour rien au monde je ne voudrais les perdre… Et moi aussi, je pense aux gamins. Mais attendons avant de nous inquiéter davantage. Allez ! Il faut nous occuper de nous !

— Tu as raison. Ne dramatisons pas trop vite.

Ils furent distraits par le livreur de journaux et le camion de collecte sélective. La journée démarrait. Inutile de la gâcher avec des tourments. Oubliant ses mules, Justine marcha pieds nus et se concentra sur l'herbe fraîche. En passant près du jardin, Pierre la vit sentir divers feuillages.

Chapitre 3

Ce matin-là, Olivier se réveilla alors que ses deux garçons sautaient sur le lit. Abasourdi, il entendit Jules crâner :

— Regarde, papa, on a fait nos valises. On va chez mamie à Montréal avec maman. On prendra le train. Tchou, tchou, tchou !

— Est-ce que tu le savais, papa ? s'informa Mathéo, un peu plus sérieux que son frère.

Olivier bougea. Le cerveau embrumé, la gorge brûlante, une soif d'homme dans le désert et une migraine à tout casser, il ne se rappelait plus le contexte de ce petit matin d'été. La tête voulait lui éclater. Il était incapable d'ouvrir les yeux. Que racontait Jules ? Ils allaient tous à Montréal ? Pourquoi ?

Son état de conscience s'améliorant un tout petit peu, il répondit seulement :

— Oui, oui !

Quelques images de sa soirée défilèrent dans son esprit.

— Oui, oui ! répéta-t-il d'une voix enrouée.

Sa mémoire lui rappela la gageure prise la veille. Combien de poissons noirs y avait-il dans l'aquarium du bar ? Olivier avait parié vingt dollars avec un gars un peu olé olé. Puis il se souvint des *shooters*… Merde !

Un dégoût profond de lui-même le saisit. « Non mais j'étais soûl ! » se dit-il. Lorsqu'il remua, une nausée l'incommoda.

Actuellement, les garçons sautaient de chaque côté de lui. Dure, la vie ! Il ne fallait pas qu'il vomisse… Un peu de dignité devant les enfants, quand même !

Le cauchemar continuait :

— Réveille-toi, mon beau papa d'amour, lança Jules en lui caressant les cheveux, à cheval sur son corps souffrant.

Toujours sous les draps, Olivier avait honte. Il pensait à sa famille, ses enfants chéris, sa blonde. Comme il s'en voulait ! Sortant de sa léthargie, les yeux toujours fermés, il revit soudainement l'alcootest… le policier intraitable… « J'ai fait une connerie ! » pensa-t-il quelques secondes plus tard.

Marie-Hélène choisit ce moment pour venir rejoindre les siens. Elle s'arrêta sur le seuil de la pièce et observa son conjoint à distance.

Olivier sentit son nouveau parfum épicé et ouvrit les yeux. Il remarqua immédiatement l'attitude contenue de sa blonde. Il savait qu'elle remâchait ses ressentiments habituels. L'air fatigué malgré le maquillage, elle faisait semblant que tout allait bien. Pas question que les enfants assistent à une dispute entre leurs parents à la suite de la beuverie de leur père, qui avait perdu la tête la veille. Elle cachait donc tout sentiment, toute émotion risquant de perturber les garçons.

Olivier la regarda. Appuyée contre le chambranle de la porte, Marie-Hélène – bronzée, les cheveux mi-longs, vêtue d'une camisole et d'un capri griffés – ressemblait à une princesse. Quant à lui, il aimait plutôt s'habiller de façon décontractée, les vêtements plus ou moins assortis. Son petit côté bohème rien qu'à lui...

En ce moment, il rêvait d'être archiconformiste. Comme elle. Il aimait sa blonde et ses fils, et, présentement, il se détestait. Il se trouvait sans-cœur, maigrichon et dégueulasse. Les pensées s'entrechoquaient dans sa tête.

Les enfants sautaient de plus belle sur le lit. Le malheureux souffrait physiquement et psychologiquement. Bon Dieu, qu'est-ce qui lui avait pris de se soûler ? Il voulait juste rigoler un peu avec les copains, se changer les idées...

Malgré la nausée, Olivier réussit à s'asseoir. Il toussa pour s'éclaircir la voix. Les garçons s'écartèrent pour laisser leur mère lui tendre une bouteille de Perrier. Leurs yeux allaient et venaient entre papa et maman. Marie-Hélène retourna s'appuyer contre le cadre de la porte.

D'une voix faible, Olivier prononça :

— Je m'excuse pour...

Marie-Hélène le coupa immédiatement :

— Bon ! Les enfants, je pense que papa est malade. En tout cas, il est vert comme un poireau ! On le laisse se reposer. De toute façon, nous, nous devons passer à l'Auberge Inn. Après, nous prendrons le train pour Repentigny.

Les garçons vinrent coller leur mère en riant et en répétant : « Papa est vert comme un poireau ! »

Olivier prenait de plus en plus conscience de la situation déplorable qui était la sienne. Marie-Hélène le laissait seul à la maison. Il lui demanda s'il pouvait lui téléphoner, la retrouver chez ses parents, peut-être ?... Il perçut son hésitation.

— Hum ! Essaie-toi… On verra bien !

Les enfants suivaient la scène avec attention. Jules lança :

— Peut-être qu'on sera à la crèmerie près de la maison de papi.

Olivier avait envie de pleurer. Le reste de la conversation lui parut flou. Après le départ de sa famille, il fit le tour de la propriété. Dans le spacieux cottage de la rue du Parc régnait un vide indescriptible. Sur la table de la cuisine, un papier : le rapport de l'alcootest. Il y était écrit qu'il avait aussi perdu des points d'inaptitude. Il devrait comparaître dans trois mois.

Le fautif alla se chercher une seconde bouteille d'eau minérale et sortit à l'extérieur. Il s'assit sur le bord de la piscine et regarda le ciel d'un bleu lumineux. Le soleil brûlait ses yeux injectés de sang. Il chaussa les lunettes fumées jaunes en plastique que Jules avait abandonnées sur une petite table. Olivier se trouvait pitoyable.

Pour une fois, il ne regrettait pas d'avoir payé cher la haute clôture et les plantes grimpantes autour du terrain. En ce moment, personne ne pouvait le voir. Assis, les jambes pendantes dans l'eau de la magnifique piscine, il réfléchissait. N'était-il pas béni de vivre dans ce bel environnement?

Qu'est-ce qui lui prenait de démolir sa vie, son couple, sa famille? Comment ne plus se laisser mener par «la maudite bouteille»? Était-il devenu un alcoolique?

«Toujours les grands mots», lui souffla sa petite voix intérieure.

— C'est fini, l'alcool! Fini les *shooters*, le vin, la bière. De la merde pour moi! se sermonna-t-il à voix haute.

Il voulait redevenir comme avant. Depuis quelque temps, il buvait trop et trop souvent. Et il ne mangeait pas suffisamment. Désormais, il devrait combattre ces habitudes néfastes. Il ne tenait pas l'alcool; il n'en prendrait plus. Fin de la discussion! Mais comment faire? Il avait essayé de s'en abstenir plusieurs fois au cours des derniers mois. Après quelques semaines, il recommençait toujours à boire. Olivier se disait qu'il ne prendrait qu'un verre, un seul, mais il finissait immanquablement par se soûler la gueule. Peut-être fallait-il oublier le premier verre?

Qu'inventerait-il pour se désennuyer, sortir de la routine, se détendre ? Marie-Hélène n'avait pas l'air de souffrir de la situation. Elle travaillait plus fort et plus longtemps pour obtenir des promotions, des bonis, une réussite professionnelle.

Le jeune homme s'était toujours promis qu'il éviterait ce genre de vie. Sans doute n'était-il pas assez ambitieux pour sa conjointe. Il enseignait à l'université et était heureux de ce travail. Ça lui suffisait ! Il voulait aussi du temps pour jouer de la trompette, se baigner avec les enfants, disputer une partie de soccer avec les potes… vivre, quoi ! Lire, écrire peut-être, marcher dans le vent avec Marie-Hélène, pieds nus comme avant… Marie-Hélène qu'il aimait de tout son cœur… avant, bien sûr ! Mais maintenant, l'aimait-il encore ?

Olivier agitait l'eau de la piscine avec ses pieds. Contemplant les vaguelettes, il cherchait dans ses souvenirs les moments de bonheur avec sa blonde. Les images remontaient loin dans le temps. Avant qu'elle gagne beaucoup d'argent. Avant la déco de la maison, les designers et les sorties mondaines.

« Regarde ce bois, Oli, admire l'effet de transparence. Ça fait paraître le balcon plus grand, tu ne trouves pas ? » « Et ces cache-pots, qu'en penses-tu ? » « La cuisine, on la veut classique ou non, chéri ? » Olivier n'en pouvait plus de ces longs pourparlers, de ces visites dans les magasins de meubles et de matériaux nouveaux, écologiques, hyper-résistants, modernes ou autres. Il s'ennuyait de leur vie simple dans le quartier Saint-Jean-Baptiste, de leurs promenades avec les garçons sur les Plaines, des cerfs-volants… « Ça ne sert à rien de revenir en arrière et d'entretenir de l'amertume ! » songea-t-il en tapant des pieds dans l'eau.

Olivier entra dans la maison, avala deux comprimés de Tylenol, prit une douche et s'habilla de vêtements de sport. Il chaussa ses espadrilles pour aller courir. Une fois dehors, il se mit à sautiller sur place – sa routine avant la course. De son estomac monta un tournis insupportable, un vertige inconnu jusqu'à maintenant. Le jeune homme crut s'évanouir.

Retrouvant un certain équilibre, il retourna à l'intérieur. Ignorant le téléphone qui sonnait, il monta l'escalier lentement et se laissa tomber sur son lit. C'était décidé : il arrêtait de boire dès aujourd'hui. De plus, après quelques heures de repos, il irait rejoindre sa famille à Repentigny. S'il se sentait courageux, il téléphonerait à Brigitte pour discuter de son problème. Peut-être avait-il des blessures à guérir comme sa sœur le disait lorsqu'elle parlait de ses petits patients… Les psys et les infirmières devaient tout de même avoir des pistes de solution, des baumes pour calmer les douleurs provoquées par la honte et les regrets…

Comme prévu, au milieu de l'avant-midi, Marie-Hélène débarqua à l'Auberge Inn.

— Papa est vert comme un poireau, et on s'en va à Montréal ! crièrent les deux frères en entrant dans la maison.

Après la séance de bisous durant laquelle leurs grands-parents coururent après eux, Jules et Mathéo réclamèrent *La mélodie du bonheur*. Pierre ne protesta pas, même si habituellement, en été, on visionnait un autre genre de cinéma. Dans la famille, ce film fétiche était réservé aux longues soirées d'hiver, spécialement aux vacances de Noël. Depuis quelques années, les garçons le demandaient en plein été. Étrangement, les grands-parents capitulaient toujours.

Brigitte les taquinait là-dessus :

— Vous n'auriez jamais accepté quand vos propres rejetons étaient jeunes. Mais vous ne refusez rien aux petits-enfants...

Pierre prit son temps pour introduire le DVD dans le lecteur en jasant de tout et de rien avec les garçons. Il avança l'enregistrement jusqu'au moment où les enfants de la famille von Trapp se promènent en calèche avec leur gouvernante. Les gamins étaient heureux. Mathéo fredonnait les chansons et Jules battait la mesure.

— « Do, le do, il a bon dos. Ré, rayon de soleil d'or... »

Du salon, Pierre entendait marmonner les femmes sur la galerie. Il tenterait de garder les enfants à l'intérieur. En sirotant un café avec Marie-Hélène, Justine apprendrait probablement les derniers développements à propos d'Olivier.

Pierre ignorait qu'aujourd'hui, exceptionnellement, la jeune femme était fermée comme une huître. Marie-Hélène, si bavarde habituellement ! L'air snobinard avec ses verres fumés, elle ne commenta pas l'incident de la veille. Elle se contenta de « oui » et de « non », de « bien sûr » et de « c'est la vie » lorsque Justine la questionna discrètement. Pour clore le sujet, Marie-Hélène précisa :

— Pour le moment, je laisse Olivier se remettre de sa cuite... Mes parents seront contents de voir les garçons. Papa nous ramènera de la gare. Maman est probablement en train de préparer les chambres et de la bouffe.

— Ta mère est-elle en forme ? demanda Justine qui avait croisé les parents de sa belle-fille à l'occasion de certains anniversaires de Jules et de Mathéo.

— Oui, elle se porte très bien. Au fait, Olivier a parlé de venir nous retrouver. Mais maman... Ah ! De toute façon, on verra !

Avant la naissance de leurs fils, Olivier et Marie-Hélène allaient rarement à Repentigny. Ils passaient souvent leurs week-ends entiers à l'Auberge Inn. Marie-Hélène adorait être en *gang*. Elle s'était beaucoup ennuyée lorsqu'elle était enfant. Justine se disait que cette fille unique devait pourtant manquer à ses parents. Et vice-versa !

En montant l'escalier pour aller se changer, Pierre se rendit compte qu'il chantait avec force la chanson du coucou de Julie Andrews. Il sourit. C'était immanquable, ça lui arrivait chaque fois !

Maintenant, il devait s'habiller. Troquer son boxer et son vieux t-shirt contre un bermuda et un polo. Pour sûr, Justine voudrait conduire Marie-Hélène et les garçons à la gare. De toute façon, leur longue marche était à l'eau, car le thermomètre atteignait maintenant les 29 degrés. Trop chaud pour s'entraîner, début de canicule oblige. Pendant quelque temps, il faudrait s'y mettre très tôt en matinée ou en soirée.

Il sortit pour retrouver le groupe, les garçons ayant rejoint les femmes. À cause de la chaleur, Jules et Mathéo avaient enlevé leurs chandails. Ils placotaient en cueillant des légumes avec Justine et s'arrosaient avec une petite chaudière d'eau.

Pour sa part, Marie-Hélène s'était éloignée dans la cour. La voyant pianoter sur son téléphone intelligent, Pierre remarqua son sourire. À qui envoyait-elle un texto ce matin ? Il eut une intuition désagréable qu'il s'empressa de refouler au plus profond de lui-même.

Qui était donc cette Marie-Hélène, fille unique d'un couple fortuné de Montréal ? De toute évidence, elle semblait très différente de celle qu'il avait connue, plusieurs années auparavant, lorsqu'elle était étudiante et sortait avec Olivier. Pierre la revoyait pendant la crise vécue lors de l'accouchement d'Isabelle. Spontanée, simple et légère, maternelle avec Béatrice – le bébé que toute la famille appelait le petit Bouddha. Indubitablement, Marie-Hélène avait changé !

Devenue ambitieuse, plus fonceuse, elle menait maintenant un train de vie mondain. Justine avait peut-être raison : Marie-Hélène gagnait un très gros salaire et l'écart entre son revenu et celui d'Olivier causait sûrement des accrochages. Elle détenait maintenant plus de pouvoir dans toutes leurs négociations de couple. Le romantisme ayant été relégué aux oubliettes, elle semblait motivée par un insatiable désir de réussite. « C'était pareil avec Rose et Julien. C'est le phénomène des femmes pourvoyeuses, ma foi ! » pensa Pierre.

Justine et Pierre avaient déjà discuté de ce sujet à quelques reprises. Olivier n'avait qu'à bien se tenir, car la petite Montréalaise avait « pris du pic » ! Olivier demeurait quelqu'un de simple ; on le disait *cool* et sensible. Par contre, il affrontait un autre problème...

De retour à l'intérieur, les femmes rangèrent et Pierre éteignit le téléviseur. Il savait qu'il chantonnerait l'air du capitaine le reste de la journée. « Edelweiss, edelweiss... »

Silencieux, tous s'entassèrent dans la jeep en direction de la gare de Sainte-Foy. Mathéo croqua dans un gros concombre, ce qui donna à tous la chair de poule. Jules s'écria :

— Beurk !

Les grands-parents rirent. La sainte famille...

— Bon voyage ! Saluez mamie et papi de Montréal pour nous !

Sur le quai, Pierre et Justine leur envoyèrent la main. En retournant à la voiture, Justine vit un jeune couple marcher en riant avec deux jeunes enfants. Retenant une larme, elle proposa à Pierre de dîner au resto, ce qu'il accepta avec joie.

Pierre lui serra la main et souffla :

— Viens me voir, toi...

Après dix-huit années de vie commune, Justine se trouvait bénie d'avoir un conjoint qui la connaissait par cœur, l'aimait et lui ouvrait les bras chaque fois qu'elle avait de la peine. La vie continuait ! Allez ! Olivier et Marie-Hélène s'en remettraient. Se sépareraient-ils ? Justine se rappela sa conversation de la veille avec Margot. Un couple sur deux… La statistique existait pour tout le monde, pas seulement pour la famille de son amie. Il fallait attendre et laisser ces adultes régler leurs problèmes à leur façon.

En quittant la gare, Justine respira profondément et sourit. Pierre s'installa au volant et fredonna :

— « Edelweiss, edelweiss… »

Justine se souvint alors qu'elle avait complètement oublié de téléphoner pour prendre un rendez-vous pour sa mammographie. Pourtant, elle avait promis à Margot…

Olivier se leva au milieu de l'après-midi avec une fringale. Il mangea cinq rôties avec des œufs et du café. Même si la douleur lui martelait les tempes – ce qui lui rappelait ses frasques de la veille –, il décida d'aller rejoindre sa famille à Repentigny. Alors qu'il préparait son sac, le téléphone sonna plusieurs fois. Puis son cellulaire… Olivier choisit de les ignorer. Il n'avait pas le cœur à discuter avec qui que ce soit.

Marchant vers la gare d'autobus Voyageur, il s'aperçut qu'il avait du temps devant lui. Il entra dans une église, prit place silencieusement sur un banc et ferma les yeux. Lentement, une prière monta. Une prière pour retrouver son équilibre. Pour avoir le courage d'affronter son problème. Pour arrêter de boire. Pour vaincre la procrastination.

Depuis quelques mois, son estime de soi avait fondu comme neige au soleil. Il devait la reconstruire et retrouver la forme. Il devait retrouver Marie-Hélène, celle qui marchait pieds nus dans l'herbe, celle qui se fichait des conventions.

Chapitre 4

Revenant tout juste des États-Unis, Rose et Julien se disputaient encore à propos de l'épisode du printemps, celui de leur séparation. La discussion avait dégénéré alors qu'ils approchaient de la maison. Rose se sentait de plus en plus anxieuse et Julien était davantage fâché.

— Tu passais ton temps devant l'ordi, Rose.

Julien regretta d'avoir employé le « tu ». Il avait appris chez sa psy qu'il ne fallait pas attaquer l'autre. On devait parler en utilisant le « je ».

Rose répliqua immédiatement :

— Tu savais très bien que je voulais retrouver ma mère et que je devais consulter le site des Retrouvailles plusieurs fois par semaine.

— Oui mais tu… tu… Je t'attendais… Je te consolais chaque fois que tu échouais dans tes recherches. Et il y avait ton travail ! Madame est directrice d'un CLSC ! J'étais toujours seul avec Pénélope qui me faisait des crises d'asthme à tout moment. Les employés du 9-1-1 ne me demandaient même plus l'adresse de notre maison…

— Je ne te laissais pas seul avec elle. Tu exagères !

— Oui, peut-être un peu ! Mais tu... Je... je m'ennuyais de toi. Bon, voilà ! Je m'ennuyais.

— J'ai bien vu ça ! Tu t'ennuyais d'une femme, Julien, pas de moi !

— Mon erreur a été de t'avouer ma tricherie. J'ai été totalement honnête pour la première fois de ma vie, et voilà le résultat ! Je n'en reviens pas ! Tu sais très bien que j'ai couché avec cette fille qu'une seule fois et que c'était uniquement une affaire de cul.

— Arrête, Julien ! Ça fait cent fois qu'on en parle et je n'arrive plus à t'accorder ma confiance. Pourtant, crois-moi, ce n'est pas faute d'essayer.

Une fois les valises déposées dans l'entrée de leur demeure, Rose et Julien débattirent encore des derniers mois, qui avaient mené à une pause de leur vie de couple. Il y avait déjà quatre mois que Julien louait un loft et que Pénélope se promenait entre papa et maman.

Tout avait commencé vers la fin de février, après que Julien eut confessé son incartade à son épouse. Le jour suivant, il avait dû déménager. Rose ne pouvait accepter que son homme touche une autre femme. Même si, selon Julien, l'acte s'était avéré de nature purement sexuelle, Rose refusait catégoriquement d'en concevoir l'idée. Elle avait beau aimer son mari de tout son cœur, ça ne passait pas.

N'eût été des crises d'asthme de leur fille, elle aurait exigé qu'il parte définitivement. Dans les circonstances, elle avait demandé un temps d'arrêt. Pour réfléchir. Pour réviser sa position. Et peut-être aussi un peu pour punir Julien. Pour qu'il se remette en question et regrette amèrement son geste.

Un jour, Justine lui avait confié qu'une pause entre Pierre et elle signifierait la fin de son couple. Pour l'instant, Rose voulait oublier cette affirmation. Elle ne pouvait tenir compte de l'opinion des autres – pas même de celle de Justine qu'elle estimait au plus haut point, tant comme amie que comme belle-mère. Rose était profondément blessée. Peut-être que personne ne comprendrait sa décision. Tant pis ! Depuis que Julien avait confessé son escapade, quelque chose en elle avait cédé et l'avait carrément démolie.

À la fin de février, elle avait souffert d'insomnie. Elle avait effectué très souvent du temps supplémentaire au travail pour oublier l'homme qui avait batifolé. Elle s'était étourdie pour annihiler ce cauchemar, pour rayer de sa mémoire la recherche infructueuse de sa mère biologique, pour ne plus songer au fait que sa mère adoptive était décédée trop jeune dans un centre pour personnes âgées. Aussi pour ne plus penser que son père l'avait laissé tomber, pour pallier son manque de confiance en elle – dans tous les domaines, sauf au travail où elle performait sans relâche.

Après quelques semaines de ce régime, un diagnostic de *burn-out* était tombé. La prise d'antidépresseurs s'était imposée. Un congé de maladie d'une durée indéterminée avait complété le tableau. Rose avait alors cessé toute démarche pour retrouver sa mère biologique. Deux ans de recherche ainsi que deux passages à l'émission de Claire Lamarche suffisaient. Elle devait lâcher prise. Elle avait vécu trop de déceptions, trop de stress. Tant pis pour cela aussi!

Au repos forcé, Rose avait trouvé les journées très longues, surtout que Pénélope passait une semaine sur deux avec Julien. Habituellement hyperactive, elle avait fait face à un passage à vide. Pour tuer le temps, elle s'était mise à magasiner; elle avait consommé frénétiquement. Nouvelle saison à venir, perte de poids récente, manque de concentration pour les tâches intellectuelles, besoin de se changer les idées, Rose énumérait toutes sortes de raisons pour passer l'après-midi dans un centre commercial. Un mois de mars gris comme les pierres avait assombri sa vie.

Elle s'était retrouvée avec une imposante dette sur sa carte de crédit. Pour la première fois de sa vie, honteuse, elle avait dû rencontrer son comptable et piger dans l'argent de son héritage. Le problème de Rose n'était pas financier, mais plutôt de l'ordre de la culpabilité. Elle était consciente d'accumuler des produits luxueux dont elle n'avait aucunement besoin. Lorsqu'elle s'arrêtait pour y réfléchir, son estime d'elle-même baissait encore d'un cran.

Même si elle rencontrait régulièrement une thérapeute, Rose avait de la difficulté à se confier à ses amis. Elle se retrouvait donc seule pour porter le poids de sa situation. Un soir de grande souffrance, contre toute attente, elle avait épanché son trop-plein auprès de Julien. Ce dernier, qui venait de ramener Pénélope à la maison, avait accepté de prendre un café.

Après avoir appris les folles dépenses de Rose, Julien avait démontré beaucoup de compréhension et d'empathie à son égard. La jeune femme avait ressenti une certaine légèreté après s'être libérée de ses tourments. D'une confidence à l'autre, l'ancien couple s'était rapproché. L'ambiance de leurs fréquentations et des premières années de leur mariage avait ressurgi tant et si bien qu'ils avaient fini la soirée dans les bras l'un de l'autre. Dieu qu'ils s'étaient ennuyés ! Ce soir-là, non seulement mari et femme étaient redevenus amants, mais ils avaient recommencé à se fréquenter sérieusement.

Cependant, Rose demeurait sceptique et craintive. Elle tenait à revivre chaque étape d'un « nouveau couple » avec son mari lentement, pas à pas, sans se presser. De son côté, Julien trouvait leurs rencontres trop rares, mais il devait se conformer au rythme imposé par son épouse pour ne pas briser le charme fragile de leurs retrouvailles.

Au début de juin, Rose avait suggéré à Julien une escapade en amoureux de quelques jours à Ogunquit pendant les vacances. D'abord surpris, Julien s'était emballé. Il n'en revenait pas ! Rose arrivait à lui pardonner et lui donnait une autre chance. Ça y était ! Il regrettait tellement son écart de conduite. Plus jamais il ne tromperait sa femme, son amour. Plus jamais il ne goûterait au fruit défendu ! Il tenait à sa famille et le prouverait.

Durant le court voyage, Pénélope camperait avec Brigitte, Arnaud et leurs enfants. Elle se plaisait follement en compagnie de Simone, l'aînée de la famille de Brigitte, alors ces quelques jours dans la nature représentaient une vraie fête pour elle. Rose et Julien étaient allés la reconduire ensemble. Aux anges, la petite avait à peine remarqué le départ de ses parents.

Julien avait trouvé Rose plus joyeuse. Sur la route descendant vers le sud, la jeune femme avait fredonné les chansons d'Ariane Moffatt dont le CD jouait dans le lecteur. Vêtue d'une petite robe rouge en coton, les cheveux frisottés par la chaleur et l'humidité, arborant de larges verres fumés et surtout affichant une attitude insouciante et espiègle, Rose avait paru ravissante aux yeux de Julien. Il avait apprécié ce brin de frivolité habituellement imperceptible chez cette femme raffinée.

En conduisant, mine de rien, il avait jeté fréquemment des coups d'œil à sa droite. Chaque fois, la jeune femme avait souri. Julien l'avait désirée intensément, comme au début de leur mariage. Rose était « sa » femme, celle avec qui il recommencerait à bâtir sa vie. Cette crise serait peut-être un mal pour un bien, la preuve que leur amour était fort. La septième année d'un couple est une épreuve pour plusieurs, et Rose et lui ne faisaient pas exception à la règle. Pour sa part, il n'avait plus aucun doute sur sa fidélité envers elle. L'unique fois où il l'avait trompée demeurerait un fait accidentel. Mylène n'avait aucune importance pour lui; il s'agissait d'un échange de bons moments. Tout simplement. Pas de quoi fouetter un chat!

Cependant, Julien aurait eu avantage à se taire. Voilà! Il aurait dû comprendre que Rose était vulnérable sur ce plan. Il s'en voulait doublement. Il aimait sa femme et avait manqué de compassion envers elle. Elle était fragilisée par l'abandon de sa mère biologique.

— «Je veux tout, moi et les autres aussi…»

Rose chantait. Julien n'avait pu se retenir. Il avait posé doucement sa main sur la cuisse de sa femme. Elle avait cessé immédiatement de fredonner, avait rougi et s'était mise à rire. Il lui avait proposé une pause rafraîchissements. Ils avaient tout leur temps. Elle était partante pour une crème glacée.

— Je t'aime, lui avait lancé spontanément Julien.

— Moi aussi, avait-elle répondu, le visage empourpré par la chaleur.

«Tout va bien», avait pensé Julien en prenant la première sortie menant à une halte routière. À leur retour de voyage, il annulerait enfin le bail de son loft et retournerait vivre avec elle dans leur maison. Il respecterait Rose jusqu'au bout des doigts. Il ne céderait surtout plus à ses envies de draguer une autre Mylène à la première occasion…

De son côté, Rose laissait venir les choses. Cette virée la distrairait et éloignerait ses démons. Son médecin lui avait recommandé de « s'occuper pour ne pas se préoccuper ». De faire des choses simples, des activités qu'elle aimait. Pendant ce voyage, elle n'aurait aucune décision à prendre, à part louer une chambre d'hôtel et choisir des restaurants. Julien et elle se baigneraient, marcheraient, flâneraient, s'aimeraient. Son mari était charmant et elle se sentait en sécurité. Bien sûr, elle l'aimait toujours. De l'avenir, elle ne savait rien. Absolument rien.

Ils avaient passé de belles journées en amoureux et avaient évité les discussions houleuses et ardues tout le long de leur balade aux États-Unis. Cependant, dès leur retour, sitôt le pont de Québec franchi, tout avait recommencé de plus belle. Il avait suffi d'une proposition de Julien de rapporter sa valise « chez nous » pour déclencher la zizanie.

Décidément, Rose ne pouvait passer l'éponge et Julien commençait à être à bout. Si sa Rose avait besoin de lui seulement pour de petites vacances, elle n'avait qu'à le dire. Il avait tout fait pour elle : il l'avait mariée et avait quitté un bel emploi à Chicago pour vivre au Québec. Bien sûr, il avait dû accepter un poste moins prestigieux et moins bien rémunéré.

Elle devait cesser son petit jeu, dépression ou pas. Il avait fait une gaffe, mais elle l'avait bien cherché. Et il s'était excusé cent fois.

Il quitta la maison en claquant la porte. Il devait prendre Pénélope chez Brigitte, mais il bifurqua vers son appartement. Il dépouilla son courrier, puis prit une douche pour se rafraîchir et se remettre de ses émotions avant de se connecter sur un autre univers. « Si sa mère est trop cinglée et rancunière pour comprendre, ma fille n'a pas à en payer la note », se dit-il.

Quelques heures plus tard, il emprunta le chemin menant à la terrasse Dufferin avec Pénélope. Dans l'auto, ils écoutaient en boucle *Marianne s'en va-t-au moulin*. Dès que la chanson s'arrêtait, la gamine suppliait :

— Encore *Marianne*, papa ! S'il te plaît !

Julien proposa d'acheter du poulet et des frites. Pénélope applaudit.

— Tu sais que tu es mon rayon de soleil, toi ! s'exclama-t-il.

Elle rit. Au comptoir, il l'assit sur ses épaules pour commander. Il trouvait sa fille si mignonne avec son chapeau à fleurs et sa robe soleil, et il était fier d'être son père. Quel cadeau de la vie ! Si Rose pouvait finir par oublier…

— Je pourrai manger une crème glacée sur la terrasse, papa ?

— On ne peut aller à cet endroit sans manger une crème glacée !

— Je prendrai la noire !

— Y a-t-il de la crème glacée de cette couleur, ma chérie ?

— Celle que mamie Justine préfère…

— Ah ! Je vois ! Au chocolat, peut-être ?

— Non, papa. Noire !

Chapitre 5

Juillet achevait et le Festival d'été était maintenant chose du passé. Justine et Margot en avaient vraiment profité. Cinq spectacles par temps magnifique et beaucoup de jasette. Margot avait joué à la police avec Justine jusqu'à ce que cette dernière aille passer sa seconde mammographie – qui montra, encore une fois, une zone ombrageuse. Une TACO était maintenant exigée par son médecin. Quant à Justine, elle s'était transformée en psy pour Margot, écoutant les hauts et les bas d'une maman attristée par le divorce de sa fille.

Le temps étant chaud et humide, Justine et Pierre se préparèrent un pique-nique et descendirent souper sur la plage. Ils installèrent leurs pénates à un endroit où une petite brise soufflait à longueur d'année. À l'aise et détendus, ils flânèrent toute la soirée. Bouffe, lecture, conversations sur les passants, les canards, les moustiques, la nature… bref, ils relaxèrent. Ils revinrent à la maison bras dessus, bras dessous en se fichant du lendemain. À peine furent-ils libérés de leurs sacs que le téléphone sonna. Justine prit l'appel. Rose avait sa voix mélancolique.

— Je suis contente de te trouver, Justine ; je ne vais pas bien, annonça-t-elle.

— Qu'est-ce qui ne va pas, mon cœur ? répondit l'intéressée en lissant ses cheveux que la chaleur avait rendus humides.

— Je suis toute mêlée ! Je me demandais si on pouvait prendre un café demain.

— Demain ? Euh… euh… Je voulais m'entraîner et passer chez le traiteur… Dis donc, quelle heure te conviendrait ? J'essaie d'arranger ça.

— Et si je t'accompagnais chez le traiteur, Justine ? Je t'invite à dîner avant. Qu'en penses-tu ?

— D'accord ! Tout est parfait. Mais tu es mêlée à cause de…

— Julien.

— Ah ! Je vois. Tu es certaine de pouvoir attendre jusqu'à demain, ma belle ?

— Oui, oui ! Je suis tellement contente que tu puisses venir manger avec moi…

— Dans ce cas, repose-toi. Demain, on reparlera de tout ça. Au café habituel ?

— Bien sûr ! Un gros merci, Justine.

Pierre s'informa de cet appel. Qu'arriverait-il de l'entraînement du lendemain ?

— Il n'y a rien de changé ! On marchera demain matin.

Il connaissait sa femme. Il lui arrivait de saboter ses propres activités pour secourir une bonne amie.

Ils s'installèrent dans la salle à manger pour commencer une partie de Scrabble. Bayant aux corneilles, tous deux jouaient pour tuer le temps avant d'écouter le bulletin de vingt-deux heures. Pierre et Justine étaient incapables de se coucher sans avoir pris le pouls de la planète. Pourtant, des articles sérieux confirmaient qu'il ne fallait pas écouter les informations juste avant de dormir afin d'éviter le stress. Mais ça prendrait beaucoup plus d'arguments pour que le couple change cette vieille habitude.

— Pas de nouvelles de Julien, chérie ?

— Non ! Tu devras patienter jusqu'à demain.

— Et Pénélope ?

— Oh ! Elle est chez Brigitte, qui m'a dit que la petite était une soie.

— C'est sûr !

Le lendemain midi, le serveur du Cochon Dingue installa Justine et Rose dans un petit coin tranquille bien aéré. Les filles ne voulaient pas manger sur la terrasse sous une chaleur torride et un soleil de plomb. Les météorologues annonçaient une crête de haute pression persistante. Un bel été !

— Un écart à vos habitudes, si je ne m'abuse, commenta le garçon en reluquant Rose de la tête aux pieds.

— Tu ne passes pas inaperçue, ma chérie, souligna Justine après le départ du jeune homme.

Elle avait toujours trouvé son amie très belle et inconsciente de sa grâce.

— Tu sais, je m'en vais sur mes trente-deux ans ! s'empressa de répondre Rose. Je commence à avoir des cheveux blancs et des rides. Regarde !

Elle lui montra le coin de ses yeux, mais Justine ne vit absolument rien. Elle déclara :

— Admets que tu es quand même passable !

Rose rit.

— En tout cas, je ne vieillis pas en sagesse.

D'abord collègues de travail, amies, puis belle-mère et belle-fille, les deux femmes avaient une relation vraiment particulière. Avec Marie-Hélène, elles formaient un trio d'infirmières dans la famille. Les trois filles avaient développé une précieuse complicité lors de l'arrivée de Béatrice. Isabelle étant plongée dans le coma, elles avaient soigné le poupon, qui était surnommé le petit Bouddha. Il y avait une solide équipe à l'Auberge Inn ! Après plusieurs échanges de confidences, cette entraide avait donné naissance à de fortes amitiés.

Justine choisit une salade et Rose, un sandwich. Malgré la chaleur, elles commandèrent aussi leurs boissons préférées, soit des cafés au lait. Dans ce resto, elles ne pouvaient s'en passer.

Au début, elles jasèrent de tout et de rien. Puis Justine bifurqua doucement vers les choses sérieuses.

— Alors, Rose, comment s'est passé ton voyage avec Julien ?

Sa belle-fille posa ses ustensiles et s'adossa. Elle s'essuya le coin de la bouche avec distinction. L'air grave, elle déballa son sac :

— J'étais tellement bien là-bas... Bien dans ses bras... Bien durant nos longues marches sur le sable. La mer et les couchers de soleil étaient magnifiques. Je n'aurais pas voulu être avec un autre. Je l'aime, Julien ! J'étais bien dans notre café-restaurant préféré... Quand il a fait le clown... Et aussi quand il m'a reparlé d'amour, m'a juré fidélité pour le reste de sa vie. J'ai eu confiance... C'est vrai qu'on avait pris une bouteille de rouge... Mais je l'aime, Justine ! Aucun autre homme ne provoque cet effet-là en moi ! Je voudrais tellement que ça s'arrange entre nous...

— C'est lui qui ne veut plus ? demanda Justine.

— Non, ce n'est pas ça. Au contraire !

Rose s'essuya les yeux avec un coin propre de sa serviette. Constatant qu'il n'y avait pas trop de monde dans le resto, Justine alla s'asseoir sur la même banquette que Rose. Celle-ci continua :

— C'est moi ! J'ai si peur qu'il recommence... Au retour, on n'avait pas sitôt traversé le pont Laporte que je lui tombais dessus ! Je l'ai engueulé, Justine. Je suis déprimée, mêlée. Et je m'en veux...

Justine la prit dans ses bras :

— Ma belle chouette, arrête de te taper dessus ! Donne-toi une chance. Un jour, tu rebondiras et le reste de l'histoire s'écrira…

Rose renifla en serrant et desserrant la boule qu'était devenue sa serviette de table humide. Elle observa Justine tristement.

Son amie poursuivit :

— Regarde le bon côté. Malgré votre séparation, ta belle Pénélope semble bien, avec toi et avec Julien. Les réponses viendront quand ce sera le temps. On ne peut rien forcer, c'est comme ça… Donne-toi du temps, Rose ! Tu te rappelles mon histoire avec Pierre ?

— Oui mais... je ne veux pas me séparer… Dans le fond, je suis coincée. Et parfois, même si j'aime Julien, je suis encore en colère contre lui. Comprends-tu ça ?

— C'est normal, dans les circonstances. Allez ! Continue d'avoir confiance. Ton *chum* ne couraille plus, et s'il t'aime, il sera patient.

— S'il se remettait à courailler, je ne le prendrais pas. Ce serait fini ! Je l'aurais, ma réponse.

— Est-il parti fâché de la maison ? demanda Justine.

— Il me semble que non. Mais j'étais tellement pompée que je n'en suis pas certaine.

— Tu as revu ton médecin ?

— Oui. Je dois continuer les antidépresseurs. Ça aussi, ça m'écœure. Je vois en plus une thérapeute.

— Courage, ma chérie ! Tu vas mieux. Tout se précisera bientôt, tu verras.

Le serveur apporta l'addition. Il leur mentionna de ne pas se presser. Il y avait moins de conversations autour d'elles, moins de klaxons dehors ; les filles constatèrent que l'après-midi avançait. Elles se levèrent et, spontanément, Justine serra Rose dans ses bras. Cette bulle d'amitié…

Elles se rendirent chez le traiteur, lequel avait pignon sur rue dans le Vieux-Québec. La propriétaire du commerce était une amie de Justine.

Rose allait un peu mieux. Cette visite lui changerait les idées. De plus, comme elle n'aimait pas cuisiner, elle ajouterait probablement une bonne adresse à son carnet. De son côté, Justine commanderait une liste de plats et de fromages pour le *party* du mois d'août. En dehors du traditionnel gâteau, pas question que Pierre et elle se mettent aux fourneaux durant les grandes chaleurs. Ils méritaient bien ce petit luxe.

Chaque année, ils recevaient la famille au milieu de l'été. Ils en profitaient pour fêter Paul et Zoé ; leur date d'anniversaire tombait tous les deux à la fin de juillet. Habituellement, le jeune couple passait la fin de semaine à l'Auberge Inn. Sans nouvelles d'eux au cours des dernières semaines, Justine rongeait son frein. De toute façon, elle ne pouvait rien changer. Les courriels avaient été envoyés dès le début du mois et personne n'avait contesté la date. Si Brigitte, Isabelle et Caroline avaient déjà confirmé leur présence, les garçons lambinaient. Mystère et boule de gomme…

Justine se gara dans la côte de la rue Sainte-Ursule. Les deux amies quittèrent l'habitacle avec joie. Il faisait au moins 40 degrés à l'intérieur de l'auto. Pas d'air climatisé dans le véhicule, car Justine était contre. Sauf aujourd'hui !

Elles descendirent la rue Saint-Jean. Les trottoirs étaient bondés de flâneurs qui, en vacances, prenaient du bon temps. Un arrêt ici et là pour se rafraîchir ou pour lécher les vitrines, un autre pour bouquiner – des livres neufs ou usagés.

Elles aboutirent devant le commerce, où une femme disposait des fleurs sur les nappes en coton multicolore des trois petites tables extérieures. Elle en profitait aussi pour replacer les chaises. Situé en plein soleil, ce coin habituellement très populaire était désert depuis la fin de l'avant-midi.

— C'est ici, annonça Justine à Rose en se rapprochant. Je vais te présenter Maryse. Je suis certaine qu'elle te plaira.

Rose regarda la dame élancée, vêtue d'une robe bleue et d'un tablier blanc, un fichu noué sur la tête. Cette femme au sourire chaleureux avec des dents plus que blanches dégageait un charme indescriptible. Rose fut frappée par ses yeux indigo. Maryse lui plut sur-le-champ.

Justine prit les devants.

— Allô, toi ! Comment vas-tu ? Depuis le temps que…

— Je croyais que tu m'avais oubliée, Justine Renaud ! s'exclama l'amie en déposant son torchon. Que tu avais déniché une perle tout près de chez toi !

Elles se firent la bise. Sur un ton ironique, Maryse s'adressa à Rose :

— Moi, je suis Maryse, celle qu'on vient voir quand on veut du beau, bon, pas cher…

Les trois femmes rigolèrent.

— Voici Rose, celle dont je t'avais parlé, mon amie devenue ma belle-fille, dit Justine, l'air satisfait.

— Bonjour, madame ! Enchantée de vous rencontrer.

— Vous êtes chanceuses, car c'est tranquille aujourd'hui, déclara Maryse. L'été, c'est tout ou rien. Cet après-midi, j'ai même donné congé à mon employée. Regardez où sont les gens ! s'écria-t-elle en désignant la longue file d'attente au bar laitier d'en face. Je vous sers un thé glacé ? Un gâteau Marie-Anne, peut-être ?

Justine observa Maryse. Celle-ci parlait beaucoup et trop fort. Elle semblait nerveuse. Elle avait repassé le torchon sur les tables à quelques reprises. Était-elle gênée par la présence de Rose ?

Maryse installa un gros parasol. Ensuite, les trois femmes prirent place avec leurs boissons et leurs petits gâteaux secs. Étonnamment, c'est Rose qui entama la conversation.

— Justine m'a dit que vous étiez à la recherche de votre fille ?

— Pas tout à fait, répliqua Maryse. J'ai cherché un certain temps, mais j'ai tout arrêté. J'étais en train de devenir folle, hein, Justine ? Et mon mari aussi.

Rires…

— Je me souviens que c'était difficile, répondit Justine qui trouvait Rose un peu trop dégourdie devant son amie.

— Toi, cherches-tu encore ta mère ? s'enquit Maryse. Justine m'en avait glissé un mot.

— Non. Je l'ai cherchée pendant sept ans. Sept longues années. J'ai assisté deux fois à l'émission de Claire Lamarche. Ça n'a pas fonctionné. Comme vous, d'une déception à l'autre, je n'en pouvais plus. En mars, j'ai fait un *burn-out*. Il fallait que je pense à ma santé mentale, moi aussi… Mais je ne désespère pas. On ne sait jamais !

Rose respira profondément avant de reprendre la conversation.

— Je suis née en 1976.

Justine saisit le regard fuyant de Maryse. Elle décida de laisser ses deux compagnes en tête à tête. Elle entra fureter à l'intérieur.

— Ah oui! s'exclama Maryse. En 1976! Quel mois?

— Je suis venue au monde le 10 novembre, l'année où René Lévesque a été élu. Ma mère adoptive me le répétait sans cesse.

— Même année que ma fille, mais au printemps. Le 14 avril 1976. Je n'oublierai jamais cette date...

Dans le commerce, Justine appela Pierre.

— Allô, mon chéri!

— Salut, mon ange! Comment vas-tu?

— Je suis chez Maryse. Tout va bien.

— Avec Rose, rien de spécial?

— Pas vraiment! Après le dîner, elle a décidé de m'accompagner. Elle est en train de faire connaissance avec Maryse. Et devine de quoi elles s'entretiennent, toutes les deux?

— Je gagerais un dix qu'elles parlent de retrouvailles.

— En plein dans le mille ! Tu gagnerais ton dix, mon chéri. De ton côté, as-tu des nouvelles des garçons ? Viennent-ils au *party* en août ?

— Justement, Julien a téléphoné ce midi. Il pense être là.

— Il est au courant que Rose sera également présente ?

— Je ne sais pas. Ça semble un peu compliqué. Il m'a prévenu qu'il viendrait avec une amie. Une certaine Mylène. Il emmènera Pénélope, bien sûr. Ça me chicote un peu. Mylène serait juste une amie, semble-t-il. Tu penses que Rose est au courant ?

— Certainement pas ; sinon elle m'en aurait parlé.

Tout en jasant avec Pierre, Justine observait les deux filles par la fenêtre. Maryse et Rose discutaient et gesticulaient sans arrêt. Un moment, elle crut avoir la berlue. Ces deux femmes se ressemblaient, ou quoi ?

— Non, impossible ! Je rêve, voyons ! dit-elle tout haut.

— Es-tu toujours là, Justine ? s'informa Pierre. Qu'est-ce que tu racontes ?

— Oui, oui ! Je regarde Maryse et Rose assises dehors. Je leur trouve une telle ressemblance…

— Tu penses la même chose que moi ? Ce serait toute une coïncidence…

— Elles ont toutes les deux les cheveux bruns, les yeux bleus, et...

— La moitié des femmes de la ville de Québec ont les yeux bleus, la coupa Pierre. Et pour l'autre moitié, ils sont bruns.

— Bon ! Tu as l'art de me ramener sur terre, toi. Julien et Mylène, tu disais ? Je n'en reviens pas. Et Rose, dans tout ça ?

— Aucune idée. Julien a pris trente secondes pour me téléphoner à l'heure du dîner. Il avait quelqu'un en attente sur une autre ligne et il a fait court.

— Oh là là ! Je sens qu'on en verra de toutes les couleurs avec nos couples en difficulté.

Pierre lui donna raison avant de la questionner à propos du souper. Devait-il préparer quelque chose ? Ayant l'impression d'avoir passé la journée à table, Justine refusa de choisir le menu.

— Si je décongèle un pâté, ça te convient ? suggéra-t-il.

— D'accord ! On complétera avec des légumes du jardin. La salade est croquante, je ne me fatigue pas d'en manger !

C'était devenu une habitude cet été : aller au potager avant le souper. Cependant, avec les longues marches, Pierre avait besoin d'un accompagnement un peu plus consistant : des patates. Pourquoi Justine n'en servait-elle jamais ? Sa chérie préférait les légumes vitaminés qui lui assuraient un poids santé.

— Justine, j'oubliais…

— Moi aussi, j'oubliais ! Oli a-t-il appelé ? Et Paul ?

— Non, mais Brigitte veut venir prendre un café cette semaine. Ça a l'air qu'elle a des nouvelles d'Oli.

— Veux-tu bien me dire pourquoi Oli n'appelle pas lui-même ? Je n'aime pas ça ! Enfin, j'en discuterai avec ma fille. Bisous, chéri. À plus tard !

Dehors, la conversation allait bon train.

— Comme ça, tu vas avoir trente-deux ans cette année. Tu as l'air plus jeune ! déclara Maryse avant de prendre une grande goulée de thé glacé et de s'éventer le visage avec son autre main.

Après une courte pause, elle reprit :

— Avant que je cesse de chercher ma fille, mon mari répétait souvent : « On vit avec les hauts et les bas des enquêtes de ma femme. » Il m'emmenait marcher au bord de l'eau ou prendre un verre pour me changer les idées, mais j'étais constamment triste.

— Pourquoi avez-vous décidé de mettre fin à vos recherches ? demanda Rose.

— Tu peux me tutoyer, tu sais. Bon, voilà ! Un soir, après avoir exploré un filon qui, encore une fois, n'avait donné aucun résultat, je pleurais sur le divan. Mon mari avait l'air très piteux en me regardant. Je me suis dit que cet homme ne méritait pas que je passe mes soirées à chercher une fille qui ne voulait peut-être pas retrouver sa mère. Après tout ce temps et tous ces efforts, j'ai décidé qu'il valait mieux renoncer…

Rose buvait les paroles de Maryse.

À l'intérieur, Justine prenait son temps devant les étalages et notait ce qu'elle désirait commander. Comme d'habitude, elle avait de la difficulté à choisir. Les produits paraissaient tous alléchants.

— Avez-vous… euh… as-tu accouché à la Miséricorde ? s'informa Rose. Oh ! Peut-être suis-je indiscrète ?

— Ça va, ma belle ! la rassura son interlocutrice. Oui, j'ai accouché à la Miséricorde. J'étais fille-mère, une honte pour mes parents. Ça n'a pas été une mince affaire. Mon père m'en a beaucoup voulu et ma mère a pleuré pendant des semaines. Mais depuis, ils m'ont pardonné, murmura-t-elle en baissant la tête.

Il y eut un silence. Un ange passa. Rose songea à la naissance de Pénélope. Les filles-mères traversaient d'énormes difficultés dans le temps. Comment faisaient-elles, notamment, pour se séparer de leur enfant ? Ça lui paraissait carrément impensable.

— Comment surmonte-t-on cette épreuve ?

Maryse se mit à empiler nerveusement la vaisselle sale.

— On n'avait pas le choix, ma chère : on signait. J'étais une enfant de dix-sept ans. Je n'avais pas le choix, j'obéissais encore à papa et à maman. Par contre, je n'ai jamais pu concevoir un autre enfant. Pas capable ! Mes commerces ont été mes bébés : des cafés d'abord, puis ce traiteur... Tu vends ta bouffe et tu te fais des amis, hein, Justine ?

Celle-ci venait de les rejoindre sur la terrasse. Encore remuée, Rose se leva et observa la vitrine. Maryse entra à l'intérieur afin de répondre à deux clients. Elle ressortit aussi vite avec trois limonades toutes fraîches.

— On va courir au petit coin tantôt ! s'écria Justine.

— Mais regardez-moi cette fille ! répondit Maryse sur un ton de remontrance. Elle ne vous donne pas de nouvelles pendant des semaines, et la journée où elle se pointe, elle veut repartir aussitôt.

Les trois filles rirent à gorge déployée. Elles se réinstallèrent gaiement sous le parasol. Justine minauda :

— Tu sais, Maryse, je suis vraiment contente de te voir. Je ne sais pas ce qui m'a prise.

— Allez ! Parle maintenant, ma chère ! Que devient ton homme ? Et les enfants ?

Rose regardait les deux amies s'asticoter et se raconter. Elle enviait leur spontanéité, leur bonheur et leur simplicité. Ça coulait de source. Ces femmes semblaient avoir trouvé leur chemin dans la vie.

Pourquoi n'arrivait-elle pas à en faire autant ? Dans son cas, rien ne baignait dans l'huile. Tout d'abord, elle avait cherché sa mère avec avidité. Puis elle exerçait un contrôle exagéré sur Julien. Avec raison ! Ne l'avait-il pas trompée ? De plus, sa Pénélope était asthmatique. Toute petite, elle avait souvent séjourné à l'hôpital. De son côté, elle travaillait et magasinait à outrance. C'était stupide ! Son *walk-in* débordait de vêtements pour elle et sa fille, et on ne parlait pas des articles de déco accumulés dans des boîtes. Julien était au courant du problème, mais il en ignorait la gravité.

À son tour, Rose alla fouiner dans le commerce. Remarquant à peine les étalages appétissants, elle continua de s'autocritiquer. Au lieu de perdre son temps dans les centres commerciaux, elle devrait s'entraîner, suivre des cours de yoga, répéter son piano.

D'où elle était, elle vit que Maryse remplissait le bordereau de commandes de Justine. Elle attendit avant d'aller les rejoindre. Elle songea que ce serait bon de revoir toute la famille. L'été, ils étaient tous éparpillés et ce *party* permettait de joyeuses retrouvailles à l'Auberge Inn. Ils se racontaient leurs vacances en sirotant des vins d'été, mangeaient des légumes de saison et Justine sortait ses marinades. Chacun apportait sa dernière découverte : un cidre glacé, une recette de Ricardo, un dessert à confectionner en un tour de main. Les enfants s'amusaient et couraient partout. Ces dernières années, il y en avait un nouveau à chaque *party*. En soirée, rassasiés et réchauffés par le feu de camp, ils grillaient des guimauves en chantant. Les plus petits s'endormaient dans les bras de leurs parents.

Il y avait belle lurette que Rose n'avait pas rencontré les sœurs de Julien et leurs conjoints. Elle se demandait aussi comment allaient Olivier et Marie-Hélène, ainsi que les autres Chénier. Au printemps, Marie-Hélène lui avait confié qu'Olivier avait des problèmes avec l'alcool. Ça occasionnait des disputes. Avait-il réussi à cesser de boire ? Et Diane, l'ex de Pierre, serait-elle invitée cette année ? Avec ou sans Pointu ? Elle songea que Justine devrait inviter son amie Maryse. Cette femme était tellement sympathique !

Rose se sentit soudain requinquée. De toute évidence, Maryse et Justine y étaient pour quelque chose. La jeune femme avait beaucoup à apprendre de ces deux amies expertes en relations humaines. Repenser aux réunions de famille à l'Auberge Inn l'attendrissait. Elle avait hâte de revoir Julien.

Quand elle ouvrit la porte, Rose entendit du papotage sur Compostelle. Les filles en avaient long à se raconter. Justine rayonnait en parlant de sa future expédition en Europe. Les yeux de Rose croisèrent ceux de Maryse. Elle rougit en pensant à ce que Justine lui avait dit plus tôt : « Admets que tu es quand même passable… »

Le regard de Maryse était sérieux et empreint d'une très grande affection.

Rose se dit: «Je lui rappelle certainement sa fille. Après tout, celle-ci aurait le même âge que moi, à sept mois près. Cela la chavire sans doute. Je n'aurais pas dû lui poser tant de questions!»

Chapitre 6

— Mon nom est Guillaume et je suis content de t'accueillir.

— Salut ! répondit Olivier, piteux.

Ce dernier venait de pénétrer dans la Maison de l'harmonie. Une poignée de main énergique l'obligea à regarder le gars qui venait de se présenter jovialement. Depuis le matin, Olivier, nerveux, avait seulement pris des comprimés de Tylenol, du café et quelques bouchées de tarte au citron. D'ailleurs, il avait des nausées depuis Drummondville ainsi que des sueurs froides. Ayant suivi les conseils de Brigitte et Paul dans l'objectif de reconquérir sa famille, il avait abouti dans cet endroit où il séjournerait deux semaines. Il hésitait relativement à cette décision et il s'expliquait mal ce qui lui arrivait. Il s'était passé tellement de choses ces derniers temps…

Il déposa son sac à dos par terre. Une jeune femme vint lui serrer la main à son tour en se nommant. Souriante, Ariane lui suggéra de la suivre et de laisser son paquet dans sa chambre. Il s'agissait d'une petite pièce simple et propre au sous-sol. Il la partagerait avec un autre pensionnaire. Déçu de cette promiscuité, Olivier ne pipa mot. Il ne pouvait se permettre la moindre critique. Brigitte et Paul avaient travaillé très fort afin de lui dénicher une place dans une maison pour alcooliques et toxicomanes. Sa sœur lui avait répété à maintes reprises qu'il était extrêmement chanceux de bénéficier de ce séjour en plein été.

Au lendemain de la dernière cuite de son *chum*, Marie-Hélène avait exigé qu'il aille se faire soigner. Si Olivier avait déjà eu des doutes sur cette nécessité, maintenant il n'en avait plus aucun.

Ce soir-là, de nombreux torchons répugnants traînaient encore sur le plancher de la cuisine quand Marie-Hélène était entrée dans la pièce. Olivier se rappela qu'il avait été très malade. Il avait pensé se vomir l'estomac. Vin rouge et pizza ! Quel con !

Il était désormais prêt à tout. Depuis le temps qu'il désirait cesser de boire… Oui, prêt à tout, mais il n'aurait jamais pensé séjourner dans une maison de thérapie. Pas lui ! Il n'était pas un alcoolo !

Mais Marie-Hélène avait déjà appelé Brigitte à l'aide.

— Trouve-lui une place dans une de « tes maisons » ou je le fous à la porte ! avait-elle hurlé au téléphone.

— Ce ne sont pas « mes maisons » ! s'était indignée Brigitte au début. Je te rappelle que je m'occupe des enfants, pas des alcooliques.

Marie-Hélène s'était excusée. Brigitte l'avait ensuite questionnée calmement :

— Qu'est-ce qui se passe, Marie ?

Marie-Hélène avait changé de ton, alors les filles avaient discuté longuement. Brigitte, la psy, avait tenté d'expliquer sommairement le problème à sa belle-sœur : Olivier était *addict.* Il avait perdu le contrôle de sa consommation. En bref, il était malade et devait consulter.

Légèrement apaisée, Marie-Hélène avait compris que son conjoint, malgré ses bonnes intentions, était incapable de boire raisonnablement. Elle avait pleuré un bon coup lorsque Brigitte lui avait demandé :

— Et toi, comment vas-tu ?

Enfin, quelqu'un se souciait d'elle. Déroutée, elle avait raconté sa fuite à Repentigny quinze jours auparavant. Olivier était venu les rejoindre, les enfants et elle. Ses parents avaient agi comme si de rien n'était. Ils ne voulaient sûrement pas que le jeune couple perde la face. C'est vrai qu'Olivier avait refusé le vin et la bière pendant tout leur séjour à Montréal. «J'ai moins le goût de boire durant la saison chaude», avait-il argumenté lors d'un repas. Ils avaient dû penser que tout était rentré dans l'ordre, que leur gendre s'était pris en main.

Cependant, dès le retour à Québec, il avait rechuté de plus belle. Depuis, Marie-Hélène vivait beaucoup de frustration, de colère et de tristesse. Devant les garçons, elle portait un masque de joie pour cacher ses émotions. En réalité, la vie de toute la famille était sens dessus dessous. Plus l'été avançait, plus le couple s'embourbait. La jeune femme n'avait pu parler du problème avec ses amies car celles-ci étaient toutes absentes. Un seul copain l'écoutait parfois... D'après elle, il fallait absolument aider Olivier avant l'automne. Septembre arriverait vite, l'école recommencerait et les mandats au travail s'empileraient.

Brigitte l'avait écoutée en flânant dans sa cour, son beau Léo collé contre sa hanche. Elle avait décidé d'aider son frère et Marie-Hélène à reprendre pied dans leur vie. Racontant ensuite toute l'histoire à Arnaud, elle avait fondu en larmes. Consolée et soutenue par son amoureux – qui avait déclaré : « La famille, c'est sacré ! » –, elle était passée à l'action sans tarder.

Imaginant qu'Olivier serait plus à l'aise en dehors de sa ville, elle avait contacté au moins une trentaine de maisons dans la région de Montréal pour dénicher un endroit de qualité. Plusieurs de ces établissements fermant leurs portes pendant le mois de juillet, elle avait appelé son autre frère. Paul l'avait secondée sans hésiter. À deux, ils avaient fini par trouver ; ils avaient réservé une place et organisé le voyage.

Deux jours plus tard, Olivier partait de Québec avec Brigitte et Léo – encore nourri au sein. Les trois avaient fait un arrêt au restaurant Normandin de Drummondville, où Paul les attendait. Celui-ci conduirait Olivier jusqu'à Montréal.

Pendant qu'ils étaient attablés, Brigitte avait donné discrètement le sein à Léo qui s'était aussitôt endormi. Ils avaient commandé du café. Dans un autre temps, cette rencontre aurait été agréable et très amusante, car Brigitte et ses frères se moquaient beaucoup de Zoé qui tenait mordicus à manger dans ce resto chaque fois qu'elle venait à Québec. À n'importe quelle heure du jour ou de la nuit, elle prenait une pause sur l'autoroute 20 pour déguster la fameuse tarte au citron du Normandin. Elle en parlait comme s'il s'agissait d'une denrée extrêmement rare.

Cette fois-ci, la rencontre avait plutôt été meublée de silences, d'onomatopées, de brefs échanges sur la croissance de Léo et la formidable saison qui finirait peut-être en feux de forêts.

— Trop sec !

— Voilà !

Après un certain temps, la serveuse leur avait offert un dessert et ils avaient souri… puis ri un peu. Finalement, tous les trois avaient mangé une portion de tarte au citron avant de reprendre la route.

Maintenant, Olivier était rendu à bon port. Paul, qui l'accompagnait, avait visité la maison. Mais rapidement la thérapeute l'avait invité poliment à quitter les lieux. « Pouvons-nous jaser encore un peu ? » avait demandé Olivier. « Non, pas de membres de la famille autour de la table, avait répliqué l'intervenante. Il faut vous dire au revoir, les frangins ! » Paul était reparti tristement après leurs inhabituels et touchants bisous sur les deux joues qui en avaient ému plus d'un dans la grande salle à manger.

Olivier fit la file pour rencontrer en privé la thérapeute, cette femme supposément pleine d'amour qui venait de foutre son frère à la porte. Il est vrai qu'elle avait procédé avec gentillesse. Mais quand même !

Assis sur une petite chaise droite, il songea à sa dernière discussion avec Marie-Hélène. Pendant qu'il préparait ses bagages, elle avait déclaré : « Cette thérapie, si tu ne la fais pas pour toi, fais-la pour Jules et Mathéo. Je n'ai pas envie d'une chiffe molle comme père de nos enfants. Oli, si on inversait les rôles, tu ne pourrais jamais accepter que je boive de cette façon ! »

Ça lui revenait désormais : Marie-Hélène l'avait appelé Oli. Depuis longtemps elle n'employait plus ce diminutif affectueux. Maintenant, elle disait toujours froidement : O-l-i-v-i-e-r. Un peu plus, elle aurait ajouté : C-h-é-n-i-e-r.

Il espérait qu'elle recommencerait à l'appeler Oli, qu'elle aurait envie de le toucher, qu'elle cesserait de le surveiller, de contrôler sa consommation d'alcool. Bien sûr, il comprenait son inquiétude. Tous deux devraient repartir sur de nouvelles bases. D'ailleurs, Brigitte lui avait transmis quelque chose d'important au cours du trajet :

— Oli, n'essaie pas de changer Marie-Hélène. Peut-être qu'elle râle, parfois, mais c'est elle, et elle seule, qui peut se changer. Mais toi, tu peux arrêter ta consommation, te remettre en forme. Je ne sais pas, moi… Tu peux réapprendre à rire et à t'amuser. Ça donnerait sûrement une chance à ton couple.

Les souvenirs de la belle saison se bousculaient dans la tête d'Olivier. Marie-Hélène et lui avaient écourté leur voyage à la mer, puis décommandé leur venue au *party* de piscine. Ils n'avaient assisté à aucun spectacle du Festival d'été. Et le soir où ils étaient allés voir le Moulin à images avec Brigitte, Isabelle, Julien et leurs familles, il avait dû revenir plus tôt car il était malade. En bout de ligne, il avait saboté les vacances de toute la famille.

Il n'est pas surprenant qu'il ait finalement accepté de se faire aider et de venir dans cette maison. Bourré de remords, écœuré, il avait plié. Il avait dit oui à Brigitte, à Paul, à Marie-Hélène. Une place était disponible. C'était le destin !

— Olivier, veux-tu un café ?

Une bénévole venait de lui faire cette proposition. Un autre s'informa à propos de sa préférence en ce qui concernait le lait et le sucre. Comme ils étaient attentionnés ! Quelques minutes plus tard, Olivier prit le verre de polystyrène d'une main tremblante. Pour comble de malheur, il renversa le liquide chaud, éclaboussant les pieds d'un participant. Navré, il s'excusa deux fois plutôt qu'une. Il fit face à quelques visages mécontents.

— Ce n'est pas grave, Olivier ! Oublie ça ! lui dit un autre bénévole avec bienveillance.

On nettoyait déjà le plancher. Quelqu'un lui servit un autre café avec le sourire. Parmi les gens qui, comme lui, attendaient, certains paraissaient très nerveux. Chacun avait ses raisons : sevrage, anxiété, peur de la thérapeute, crainte des règlements…

Olivier repensa à son embarras devant Paul. Comme il avait eu honte de lui emprunter de l'argent pour payer l'hébergement ! Ayant caché à Marie-Hélène que son compte était à découvert, il avait préféré en parler à son frère. Mais quelle humiliation ! À force de jouer, de boire, de payer des cautions et des taxis, il était à sec.

— Ce n'est rien, voyons ! avait répondu Paul en lui remettant un chèque. Après tout, j'ai juste un frère !

— S'il te plaît, Paul, n'en parle pas à maman ni à papa… Je t'en prie !

— Ça t'appartient, frérot. Ne t'inquiète pas !

— Olivier Chénier ! appela une grande femme aux cheveux noirs et bouclés.

Olivier se leva et lui demanda si elle était la thérapeute. Elle crâna immédiatement :

— Oui, je suis la thérapeute. Pourquoi ? Je n'en ai pas l'air ?

À vrai dire, elle ressemblait plutôt à une bohémienne. Olivier avait un souvenir précis d'un personnage de bandes dessinées difficile d'approche.

— Oh ! Excusez-moi ! Bien sûr que vous pourriez être la thér…

La femme pouffa d'un rire franc. Ouf ! Elle plaisantait. Olivier se sentit rassuré.

— Assis-toi, Olivier. Je m'appelle Renée. Dis-moi ce que tu es venu faire ici, attaqua-t-elle.

Entre deux toussotements, Olivier murmura :

— Mais c'est pour la même raison que les autres, je suppose… Pas plus, pas moins…

— Olivier, pourquoi es-tu entré en thérapie ? insista-t-elle gentiment.

Olivier fondait sur sa chaise. Cette femme l'impressionnait. Ses yeux perçants et sa voix douce sortant d'un corps plutôt costaud le troublaient. Il comprenait que, dans ce bureau, on ne riait pas. « Les vraies affaires ! » raconterait-il plus tard.

— Je veux… je veux comprendre pourquoi je bois trop, livra-t-il. Lorsque je ne bois pas du tout, j'ai soif. J'y pense tout le temps, ça m'obsède. Je voudrais apprendre à boire raisonnablement, à contrôler ma consommation. Il y a peut-être des médicaments pour calmer ça et…

— Et… ?

— Et je voudrais tellement que ma blonde m'aime comme avant… J'ai deux beaux garçons…

— Wow ! Ce n'était pas si difficile à dire, finalement ! s'exclama Renée.

Olivier songea qu'il ne pourrait pas tourner longtemps autour du pot avec elle. Cette femme semblait lire dans ses pensées. En clair, elle en avait vu d'autres.

Renée nota différentes données telles que son âge, son adresse, son métier, sa motivation. Silencieux et figé, Olivier attendait. Puis la thérapeute leva les yeux.

— Maintenant, tu me remets le paiement de ton séjour, ton cellulaire, ta drogue et tes médicaments…

— Je n'ai ni drogue ni médicaments, répliqua-t-il froidement, quelque peu insulté.

— Si, tu en as, bien sûr… Et tu dois me donner tout objet coupant tel que canif ou autre.

— Il faudrait que j'appelle ma blonde, osa-t-il timidement.

— Pas ce soir, à moins d'une très grave urgence. Et même dans ce cas, tu serais obligé de la contacter devant moi.

Pendant ta thérapie, tu auras droit à trois appels supervisés par un intervenant À ces occasions, tu n'auras pas le droit d'utiliser ton cellulaire.

Renée le regarda avec compréhension et tendresse. Elle ajouta :

— Si tu te laisses guider, ça marchera.

Olivier était sur la défensive :

— Que voulez-vous dire ?

— Une journée à la fois, et tu cesseras de consommer.

— Mais je ne veux pas arrêter complètement… Je veux plutôt apprendre à boire raisonnablement.

— Olivier, laisse-toi guider. L'important, c'est d'être bien dans sa peau, pas vrai ?

Renée se leva. Elle lui serra la main en lui souhaitant un bon séjour. Olivier trouva cette main chaude et rassurante.

— Tout va bien aller ! ajouta-t-elle en le libérant. Tu es en train de t'offrir le plus beau cadeau de ta vie. Tu sauras me le dire !

Olivier rencontra ensuite le médecin, un homme d'une quarantaine d'années. Le spécialiste procéda à un examen sommaire. Il le déclara en bonne santé, malgré sa maigreur et ses tremblements. Il le reverrait au besoin.

— Je n'aurai pas de pilules pour le sevrage? Pour me calmer? s'informa Olivier, anxieux.

— Pas pour le moment. Je pense que ça ira très bien. Bonne chance!

Olivier sortit du bureau du médecin. Il regarda à droite et à gauche. Il ne savait vraiment pas où aller ni quoi faire.

Il aboutit dans la salle à manger où se tenaient plusieurs personnes. La porte donnant sur l'extérieur était ouverte. Des fumeurs jasaient sur le palier.

— Un café?

Il n'en pouvait plus. Encore un bénévole qui lui offrait du café! «Si cette maison nous guérit de notre dépendance à l'alcool, peut-être nous rend-elle "caféinomane"!» songea Olivier en refusant la proposition. De plus, le polystyrène ne lui convenait pas. Il pensa au plaisir de siroter une bonne bière ou un verre de vin. Il avait les nerfs en boule et il s'ennuyait déjà de Marie-Hélène, de Mathéo qui lui avait souhaité bonnes vacances ce matin et de Jules qui s'était jeté sur lui en chuchotant:

— Pas trop longtemps, papa!

L'estomac noué – trop de café, peut-être? – et les larmes aux yeux, il entendit une musique qui provenait de la salle adjacente.

— Ah non ! C'est le comble ! s'étonna-t-il à voix haute en reconnaissant la chanson.

Michèle Richard râlait *Un jour à la fois* ! Olivier se demanda de nouveau ce qu'il faisait avec tous ces inconnus à Montréal. Plusieurs étaient tatoués, certains parlaient vulgairement.

« Beurk ! Pourquoi ai-je accepté de venir à la Maison de l'harmonie ? Harmonie, mon œil ! Michèle Richard ! Suis-je snob ou quoi ? » songea-t-il.

Un gars s'approcha de lui. « Un autre café, probablement ! » maugréa Olivier en son for intérieur.

— Puis-je m'asseoir ?

— Pourquoi pas ! Es-tu en thérapie comme moi ?

— Non. Je suis venu ici il y a deux ans. Je suis un ancien de la maison, comme on dit. Quel beau cadeau je me suis offert !

« Ça y est, ça recommence ! pensa Olivier. Un cadeau, maintenant ! »

— Quand je suis arrivé, je ne me comprenais plus, continua l'autre. J'étais sur le point de tout perdre à cause de la boisson : mon char, ma maison, ma *job*. J'étais au bord de la faillite. Mais le pire, c'est que ma blonde et ma fille étaient parties.

— Moi aussi, je suis en train de tout perdre…, admit Olivier du bout des lèvres.

— Bienvenue dans le club ! Mon nom est Étienne et je suis alcoolique.

— Moi, c'est Olivier.

— Donne-toi une chance, mon vieux ! Si tu essaies ce qu'on te propose, tu sortiras d'ici comme un neuf. Lâche prise sur tes problèmes. Ça t'aidera !

— Je ne sais pas comment faire, avoua Olivier.

— Demande à une force plus grande que toi de s'en occuper.

— Une force plus grande ?

— N'importe quoi de plus grand que toi, de plus fort que toi !

Olivier baissa la tête. Ce discours étrange le rendait perplexe. Un cadeau… Lâcher prise… Lâche pas… Une grande force… Donne-toi une chance… Ouf !

Étienne s'informa :

— Qu'est-ce que tu fais dans la vie ?

— J'enseigne à l'université, à Québec. Et toi ?

— Conseiller en épargne et placements pour Desjardins à Montréal.

— Et tu t'es retrouvé en faillite quand même ?

— Exact ! Tu as tout compris ! J'ai déclaré faillite juste avant d'entrer ici. Pour moi, c'était la cerise sur le *sundae.* Aujourd'hui, ça va bien et je ne regrette rien. Je considère que mes problèmes passés ont redonné un sens à ma vie.

Olivier envia Étienne qui respirait la joie de vivre. Il appréciait cette conversation. Ce gars-là semblait vraiment sincère. Olivier se rendit compte qu'il allait un peu mieux. Il commençait même à penser que Brigitte lui avait trouvé une bonne maison de thérapie. Au diable les détails ! « Et tant pis pour Michèle Richard ! » pensa-t-il en rigolant intérieurement.

Un homme joufflu à l'allure sympathique sonna une petite cloche. On l'appelait « l'aubergiste ». Après de nombreuses accolades, les anciens de la maison ainsi que les bénévoles quittèrent les lieux. Étienne vint saluer Olivier. Il fut un des derniers à partir et promit de revenir bientôt. Enfin, la voix de la chanteuse se tut.

Les douze participants se retrouvèrent autour de la grande table. Des gars et des filles, jeunes et plus vieux. La thérapeute, l'aubergiste et la cuisinière s'installèrent au bout.

— Voilà votre famille pour les douze prochains jours, annonça Serge, l'aubergiste. Nous serons tous à votre service pendant votre séjour.

Il suggéra de se présenter l'un après l'autre, en commençant par le personnel. Olivier se demanda si les employés étaient aussi d'anciens alcooliques.

Serge reprit la parole :

— Tous les jours, vous êtes priés de vous présenter ici à sept heures trente, onze heures trente et dix-sept heures trente. Essayez de prendre de bons repas. Vous aurez besoin de beaucoup d'énergie pendant votre thérapie.

Olivier avait perdu un bon six kilos au cours de la dernière année. Il avait l'air d'une grande échalote, d'un adolescent gringalet.

— Des barres de céréales et des fruits seront servis au milieu de l'avant-midi et de l'après-midi. Si, après tout cela, vous avez encore faim, vous pourrez manger des rôties le soir avant de vous coucher.

Soudain moins gênés, les nouveaux venus bougèrent un peu sur leurs chaises et sourirent en se regardant. Ils commençaient à s'habituer à leur famille provisoire. Pour la première fois, Olivier se sentit en sécurité au milieu de tous ces inconnus.

Serge continua :

— Vos tâches respectives seront écrites sur le tableau : à tour de rôle, vous serez responsables du café, de la vaisselle, du ménage dans divers endroits, etc. Et…

Un participant l'interrompit :

— Pourquoi devons-nous effectuer des tâches ? On a payé notre hébergement !

— Ça fait partie du programme. Si tu veux en savoir plus, demande à Renée.

La thérapeute montra gentiment qu'elle était disponible, mais le récalcitrant n'insista pas. Serge put reprendre :

— Le lever a lieu à sept heures, et il se fait au son de la musique. Le déjeuner est suivi d'une lecture et d'une méditation dans la salle de cours. L'avant-midi et l'après-midi, vous aurez toutes sortes d'activités thérapeutiques par période de cinquante minutes. Sieste obligatoire après le dîner. Le soir, vous devez être dans vos chambres à vingt-deux heures. Aussi, vous êtes obligés d'assister aux réunions des Alcooliques anonymes certains soirs. Des bénévoles assureront votre transport.

— Il me semble que nous n'avons pas beaucoup de temps libre…, commenta d'une voix enrouée un gars en camisole, les deux bras entièrement tatoués.

— Tu en auras trop, mon cher, tu verras ! répondit Renée qui veillait à ce que personne n'importune l'aubergiste.

Les gens sourirent. Serge termina son discours en leur souhaitant une bonne thérapie. Ensuite, il les invita à se rendre à la salle de cours pour la méditation avant l'heure du coucher.

Olivier était crevé. Il se dit que ses nerfs se relâchaient probablement. Il commençait une expérience singulière, pendant laquelle il devait mettre en veilleuse sa vie de père, d'amoureux et de prof. Advienne que pourra ! Au bout du rouleau, il capitulait.

En chemin vers la salle de cours, à la queue leu leu avec ses nouveaux compagnons, il eut envie de se laisser bercer par cette nouvelle approche disciplinée. Il ressentit un peu de cette docilité sécurisante propre à l'enfance. Papa et maman savaient ce qu'il fallait à leur marmaille. Olivier se revit avec Brigitte et Paul, suivant tous les trois les directives de leurs parents. Même s'ils se rebellaient à l'occasion, ils finissaient par obéir à Justine et François.

À cet instant, Olivier décida instinctivement d'accorder sa confiance à Renée et Serge. À Étienne aussi ! Il ne désirait qu'une chose : se libérer de sa dépendance. À Québec, il avait tout pour être heureux : ses fils, sa blonde, son travail et le soutien de la famille et des amis.

Les émotions à fleur de peau, essuyant les larmes qui obstruaient sa vue, il se sentit soudain observé. Effectivement, une fille le fixait. Olivier était embarrassé. Il pleurait devant des étrangers ! Où était passé son orgueil ? Décidément, la souffrance le ramollissait. Dans cette faune inconnue, il avait de la difficulté à se reconnaître. Il avait drôlement hâte de se retrouver.

La fille posa son regard ailleurs. Olivier désirait réussir sa thérapie. Il se sentit aspiré par la foi en la vie – tout comme autrefois.

Chapitre 7

Quelques jours plus tard, alors que le terrain chatoyait sous la lumière de ce début de soirée, Pierre et Justine profitaient de la belle saison. Ils s'étaient installés dans la balancelle pour siroter leur thé. De la porte patio sortait une musique qui les entraînait tous les deux à quelques pas du septième ciel. Pierre avait choisi « El Strano » de *La Traviata* de Verdi. Il leur arrivait de plus en plus souvent de se payer une traite d'opéra. Ils souriaient béatement en se berçant lorsqu'ils entendirent arriver une voiture. Quelques instants plus tard, quelqu'un appela de l'intérieur de la maison.

— Allô ! Il y a quelqu'un ?

Justine et Pierre reconnurent la voix de Brigitte entre les notes haut perchées de la mezzo-soprano. Entrée par l'avant, la fille de Justine traversa le salon et la cuisine pour aboutir à l'arrière de la maison, où elle trouva les tourtereaux.

— Wow ! C'est la belle vie ici ! Quand je pense que c'est le bordel chez nous à cette heure. Les enfants prennent leur bain et sont fatigués. Et vous, vous écoutez Verdi en vous « balançinant », comme dirait Simone. Des fois, j'ai hâte d'avoir soixante ans, moi aussi !

Brigitte s'immobilisa à quelques enjambées de la balancelle. Tout en parlant, elle souriait. Son bordel, elle l'adorait !

Et Verdi ? Elle l'écoutait souvent avant la naissance de Léo, son petit dernier. Depuis, elle avait interrompu ses cours de chant, délaissé quelque peu Verdi et tous les autres. Arnaud et elle se contentaient d'un peu de reggae et d'une émission populaire à la radio de Radio-Canada. Chez eux, la musique jouait en sourdine sous les bruits et les cris de Simone et Léo.

Justine l'invita à s'asseoir.

— Allez ! Viens m'embrasser ! Dépose ton sac à côté et installe-toi.

Justine se rapprocha de sa fille sur le banc de la balancelle et lui passa la main dans les cheveux.

— J'ai pris quelques minutes pour venir vous jaser un peu, commença Brigitte.

Après avoir embrassé sa belle-fille, Pierre lança un regard complice à Justine. Tous les deux étaient convaincus que Brigitte venait leur annoncer quelque chose. Chaque fois qu'un enfant en couple se présentait seul à la maison, les parents ne savaient jamais s'ils allaient se réjouir ou pleurer. Une grossesse ? Une séparation ? Une peine d'amour ?

— Arnaud garde Simone et Léo, j'imagine ? se renseigna la grand-mère d'une voix neutre.

Brigitte réagit immédiatement.

— Maman qui dit qu'Arnaud garde ! Dans le temps, tu ne voulais pas qu'on dise que papa nous gardait. Tu fulminais : « Un père ne garde pas ses enfants ; il prend soin d'eux. »

Justine sourit. Elle se rappelait très bien sa boutade remontant aux années 1980. Elle résolut de changer de sujet.

— Comme tu es belle, ma fille ! Je suis contente de te voir ! Mais que tu sois venue toute seule, ça m'inquiète un peu.

— Tu ne me trouves pas un peu bouboule ? s'enquit Brigitte en flattant son ventre comme lorsqu'elle était enceinte.

Pierre eut envie de prendre congé. Il voulait aussi aller arrêter la musique. Divine tout à l'heure, elle était maintenant dérangeante.

— Les femmes, prendriez-vous une boisson chaude, un verre de vin ou… un petit dessert glacé peut-être ?

— Un petit dessert glacé ? Pourquoi pas ! répondit Brigitte. Après tout, ma mère me trouve belle. Je peux donc me le permettre, j'imagine.

— Oui, ma chouette, gâte-toi. Moi aussi, je vais en prendre un ce soir. Une visite de ma fille, ça se fête !

— Pierre, ensuite… pourrais-tu rester avec nous ? demanda Brigitte. J'aimerais vous parler à tous les deux.

— Donnez-moi deux minutes, les filles, et je reviens !

Justine se morfondait, car elle craignait d'apprendre une mauvaise nouvelle. Pierre l'avait compris ; c'est pourquoi il se dépêcha. La stéréo éteinte, il resta le chant des cigales comme trame de fond.

— Veux-tu bien nous dire ce qui se passe, ma chérie ? s'écria Justine. Je n'en peux plus d'attendre !

— Je suis venue vous parler d'Oli.

— Quoi ? Encore Oli ? hurla presque la mère désemparée.

— Il est actuellement en thérapie à Montréal. Marie-Hélène m'a téléphoné il y a quelques jours. C'était une sorte d'appel au secours. La veille, Olivier s'était encore soûlé… Il avait vomi partout… Je crois bien qu'il avait atteint le fond du baril. Et elle aussi, d'ailleurs. Bref, Marie était à bout.

— Mon Dieu ! souffla Justine. Il n'a pas été capable de régler son problème d'alcool, si je comprends bien…

Justine avait picolé lors de son divorce. Elle avait consulté et reçu de l'aide. Mais pourquoi Olivier buvait-il, lui ?

— J'ai décidé : assez, c'est assez ! reprit Brigitte. Il faut aider Oli et, par le fait même, sa famille. Je l'ai rencontré et lui ai suggéré des pistes de solution, mais surtout de cesser de se déprécier et de foncer pour régler son problème.

Brigitte raconta ensuite la logistique pour conduire son frère à Montréal. Paul l'avait épaulée. Tous les trois, ils ne se lâchaient pas. Elle les informa de divers détails : Olivier avait perdu son permis de conduire pour un certain temps, il avait maigri et il avait aussi emprunté de l'argent à gauche et à droite. Il était carrément brûlé.

Avant ce soir, Justine ignorait que le problème était aussi sérieux. Elle découvrait que son bel Olivier souffrait vraiment. Les larmes aux yeux, elle regarda ses boîtes à fleurs à travers ses verres fumés. Les boutons s'étaient multipliés sous le soleil et la chaleur. Il suffisait de les arroser chaque jour et de leur donner des vitamines de temps en temps. Dans les prochains jours, son fils se laisserait-il bercer au soleil de la vie, lui aussi ? Accepterait-il de suivre les conseils des intervenants ? Enfant, il était particulièrement orgueilleux ; avec raison parfois, car il réussissait tellement bien ce qu'il entreprenait. Il était doué et plein d'imagination. Justine avait confiance en son fils, son hypersensible – hyper-responsable, de surcroît.

Brigitte tentait de réconforter sa mère. Elle donnait beaucoup de crédit à cette maison de thérapie jouissant d'une excellente réputation. Et Olivier n'avait pas tout perdu. Il avait encore son travail, sa conjointe, sa famille. D'ailleurs, elle parlait chaque jour avec Marie-Hélène. Elle voulait que sa belle-sœur se sente soutenue avec Jules et Mathéo.

— Marie est forte ! dit la jeune femme. Elle réussit à ne pas trop s'inquiéter et même à faire un peu d'humour.

Justine saisit ce moment pour tendre une perche à Brigitte et Pierre. Ce dernier suçait encore son bâton de dessert glacé.

— Trouvez-vous que Marie-Hélène a changé ces derniers temps ? Je ne sais pas… Elle est moins chaleureuse, souvent pressée, un peu froide même. Suis-je la seule à la juger différente ? Elle était pourtant si proche de moi…

Ils cessèrent de se balancer. Brigitte se mouilla :

— C'est sûr, *mom* ! Ils se disputent sûrement, Oli et elle. On ne sait pas tout. Par contre, elle me semble plus *cool* cette semaine. Elle reprend probablement confiance.

Pierre repensa à la dernière visite de Marie-Hélène, le jour où Justine et lui avaient conduit la jeune femme et ses enfants à la gare de Sainte-Foy. Elle souriait en lisant ses textos dans la cour. Il refusa de parler de cette scène qui l'avait dérangé. Il dit plutôt :

— Elle est vraiment plus nerveuse et très occupée. Son changement d'attitude est compréhensible dans les circonstances.

— Tout ça me chagrine, avoua Justine. Une chance qu'ils t'ont, Brigitte, pour s'occuper d'eux. Merci, ma fille, de leur donner un coup de pouce.

— À Drummondville, ça s'est passé comment ? demanda Pierre.

— C'était bizarre ! C'est la tarte au citron qui nous a déridés. On a fini par rire un peu.

Justine aurait aimé être un petit oiseau pour observer ses trois enfants à ce restaurant. Brigitte termina en disant que Paul l'avait rappelée après avoir déposé Olivier à la maison de thérapie.

— On a jasé un peu. Paul pense que, lorsqu'on était petits, Olivier était le plus renfermé mais le plus fort de nous trois.

Justine haussa les épaules. Elle ne savait pas. Elle ne savait plus.

— Peut-être…

Pierre raconta qu'il connaissait deux collègues de travail qui étaient allés en thérapie. Maintenant sobres, ils menaient une très belle vie. Il pensait qu'Olivier avait pris une excellente décision.

— Bravo, Brigitte ! Du bon boulot ! déclara-t-il avec assurance à sa belle-fille.

— J'espère que ça marchera ! Je me croise les doigts pour mon frère.

— Est-ce qu'Oli téléphonera ? s'enquit Justine.

— Je ne sais pas si la Maison de l'harmonie permet une telle chose à ses pensionnaires. Peut-être pendant la deuxième semaine de thérapie ?…

— Et Paul ? Et Zoé ? murmura Justine. J'imagine qu'ils vont bien. Je n'ai pas de nouvelles…

Le cellulaire de Brigitte sonna à cet instant. Léo avait soif. On entendait ses pleurs. Arnaud voulait savoir si elle en avait encore pour longtemps. Brigitte le rassura :

— J'arrive, chéri ! Donne-lui son doudou ou ma jaquette pour qu'il patiente. Et ça se passe comment avec Simone ? (…) Ah ! Elle dort déjà !

Justine comprit que la visite de sa fille tirait à sa fin. Pendant qu'elle parlait au téléphone, Brigitte s'était emparée de ses clés d'auto. Elle leur raconta ensuite que Simone s'endormait très tôt lorsqu'elle allait à la piscine l'après-midi.

« Brigitte a l'air heureuse, pensa la mère. Avec Arnaud. Avec ses enfants. »

Justine l'encouragea à partir. Brigitte ramassa son sac et saisit la main de sa mère. Les deux femmes et Pierre se dirigèrent vers la voiture.

— Tu es généreuse, ma fille. Merci encore d'être passée. Moi qui croyais que tu venais nous annoncer un autre bébé !

— Eh non ! Mon *chum* n'est pas tellement pressé. Il veut s'acheter une ferme… enfin… une fermette. Moi, je suis comme un scout : toujours prête. Pour la ferme ou pour un autre bébé. Je dois maintenant vous laisser, car le devoir m'appelle. Ah ! Au fait, maman chérie, Paul va bien. Il sera au *party* du mois d'août. Zoé est en Europe pour un bon moment… du moins, je crois.

Justine tressaillit. Zoé en Europe pour un bout de temps! Première nouvelle! Sa belle-fille y allait souvent pour le travail, mais elle revenait toujours après une mission de quelques jours. Paul serait donc seul au *party*! Déçue, Justine aurait aimé en savoir plus, mais Brigitte était pressée. De plus, elle ne voulait pas passer pour une mère anxieuse. Elle garda ses inquiétudes pour elle et resta impassible. Elle répondit laconiquement :

— Ah bon!

Brigitte regarda sa montre. Elle s'installa derrière le volant tout en continuant à bavarder par la vitre baissée.

— Et votre entraînement pour Compostelle, ça va?

— Ça va bien; on part dans sept semaines, dit Pierre. Ça passe vite, c'est incroyable!

Justine approuva d'un signe de tête. Pierre glissa son bras autour du cou de sa femme. Justine et lui reculèrent pendant que Brigitte chaussait ses lunettes fumées et démarrait la voiture.

— Sois prudente, mon amour! Léo t'attendra, lui cria Justine.

Après le départ de Brigitte, le couple entra dans la maison. Pierre informa Justine que Margot avait laissé un message sur le répondeur. Ça tombait bien, car Justine avait besoin de placoter avec son amie. Elle était étourdie de toutes ces confidences et nouvelles reçues depuis quelques jours: Rose, Julien et une certaine Mylène; Olivier et Marie-Hélène; Olivier en thérapie; et maintenant Zoé en Europe... Et pour finir, la TACO à venir. Trop, c'était trop!

En attendant, son amoureux et elle se ressourceraient sûrement à leur endroit privilégié: la plage. Ils marcheraient au coucher du soleil, lentement, main dans la main. Pour la réconforter, Pierre lui chuchoterait que «tout passe». Sous une brise légère, à marée basse, ce serait une marche presque silencieuse, une sorte de prière.

Justine se sentait comme une marionnette. La vie actionnait des cordes qui tiraillaient de tous les côtés. Olivier lui manquait. Comme elle avait hâte de le serrer dans ses bras! Elle devinait que Paul souffrait lui aussi. C'était probablement pour cette raison qu'il évitait de téléphoner.

En prenant les chandails et les bouteilles d'eau, Pierre la ramena à la réalité en lui rappelant qu'ils s'étaient engagés à garder les deux petites de Caroline le lendemain matin. «Rien de meilleur pour oublier les tribulations de la vie», songea Justine. La joie des fillettes les avalerait tout rond.

Chapitre 8

Ce début d'août offrait un petit matin au soleil discret. Olivier était l'homme le plus heureux de la terre. Revenu chez lui depuis une semaine, il revivait. Il renouait avec sa vie quotidienne, jouait avec Jules et Mathéo, mettait de l'ordre dans ses vêtements, rangeait ses papiers, préparait la rentrée scolaire. Un grand ménage s'imposait.

Aujourd'hui, à sa grande surprise, il avait découvert des bouteilles de vin cachées dans sa table de nuit et dans sa garde-robe. Des vides, des pleines. Il se demandait si Marie-Hélène connaissait ces cachettes.

Olivier savait qu'il voulait désormais rester sobre. En thérapie, il avait appris à refuser le premier verre qui déclenchait le processus de la soif. Il lui fallait changer d'attitude devant la vie et les événements, lâcher prise et accueillir les imprévus et les contrariétés. On lui avait aussi enseigné à vivre dans la gratitude, à rester positif. Il avait cessé de se déprécier et avait pris conscience de ses nombreuses qualités. Le reste – les défauts et les blessures –, il le soignerait un jour à la fois.

Il devait aussi éviter les décisions hâtives prises sur le coup de l'émotion. À ce chapitre, il possédait maintenant des outils pour contrer l'apitoiement et le ressentiment. La colère et l'agitation non verbalisées recelaient souvent un dangereux potentiel de rechute. Il développait, en parallèle, une relation avec un parrain afin de parler de ses problèmes et de ses malaises au fur et à mesure. « Parler au lieu de boire, et ce, avant plutôt qu'après », répétaient les divers intervenants.

Étienne était vraiment la personne qui lui ressemblait le plus à la Maison de l'harmonie. Sobre depuis deux ans, il était passé presque quotidiennement pour jaser avec lui et l'encourager. À la fin de son séjour, Olivier lui avait demandé de devenir son parrain. Bien sûr, il n'habitait pas la porte à côté, mais ils se téléphoneraient au besoin.

En position du lotus, Olivier essayait de faire les exercices suggérés par la Maison. Il se mit à rire. Il n'arrivait plus à se concentrer. Il pensait plutôt à sa blonde qui lui avait donné rendez-vous ce soir. Marie-Hélène désirait passer leur samedi soir en tête à tête. Elle avait mentionné qu'ils souperaient seuls tous les deux et prendraient le temps de placoter. Elle avait même réservé une gardienne pour dix-sept heures. Il s'agissait d'une adolescente, la fille d'un couple voisin.

— On pourrait faire le tour de l'île d'Orléans avant le souper, avait-elle suggéré.

Bientôt seize heures. Olivier remit sa séance de yoga au lendemain. Ça ne donnait rien pour le moment. Il se doucha et s'habilla. Il se regarda ensuite dans le grand miroir de la salle de bain ; il se trouva plutôt beau gosse. Son teint lui paraissait plus clair. Sa nouvelle coupe de cheveux un peu plus courte lui allait bien. Il portait une chemise à carreaux neuve, assortie à son bermuda et à ses sandales de ville. Tout ça dans des tons de vert, blanc et brun. Comment sa blonde le trouverait-elle ?

Il était tellement fier de lui : déjà trois semaines d'abstinence. Non seulement il n'avait pas bu mais, en boni, il n'avait pas soif. Il se trouvait privilégié d'avoir suivi une thérapie et remerciait son Dieu de lui donner une chance de mieux réussir sa vie.

À coup sûr, sa santé s'améliorait et il gagnait de l'énergie. Il avait même participé à une réunion des AA à Québec, et y avait développé de nouvelles amitiés. Olivier comprenait difficilement ce qui lui était arrivé, mais il ne cherchait plus de réponses. Il avait lâché prise sur les comment et les pourquoi. Il envisageait de reprendre le jogging la semaine prochaine.

Olivier était heureux avec ses enfants. Avec Jules et Mathéo, tout était simple et facile puisqu'ils étaient à l'âge où les jugements sont exclus et où l'instant présent est le plus important. Avec Marie-Hélène, c'était moins évident. Depuis qu'il était revenu, il trouvait leur relation étrange.

En appliquant avec soin sa lotion après-rasage, Olivier réfléchissait à son couple. Peut-être Marie-Hélène et lui étaient-ils devenus trop polis l'un envers l'autre, pas assez spontanés. Très occupée, sa blonde gérait seule les décisions relatives à la maison et discutait peu. Elle le remerciait même de lui rendre tel ou tel service. De son côté, il se sentait parfois gêné de lui raconter des anecdotes personnelles. Il ressentait une crainte à la pensée de la déranger et, pour cette raison, il n'osait plus la taquiner. Il ne voulait surtout pas qu'elle le prenne mal ou qu'elle se mette en colère. En fait, il ne savait plus comment se rapprocher d'elle. Le pire était que, sous prétexte de fatigue accumulée, Marie-Hélène gagnait le lit très tôt et dormait comme un loir.

Olivier prit un chandail fraîchement rangé dans son tiroir et le jeta sur ses épaules. Sur l'île d'Orléans, les soirées du mois d'août étaient souvent fraîches. Marie-Hélène et lui adoraient se balader sur les berges en fin de soirée. Sautant sur les rochers, les cheveux au vent, sa blonde retrouvait habituellement son air d'adolescente libre. Il se sentait alors le plus heureux des hommes. Il se souvenait même d'une soirée particulière à Saint-Jean-de-l'Île-d'Orléans. À une heure tardive, un peu ivres tous les deux, ils avaient allumé un feu et s'étaient allongés sur une couverture. En écoutant les vagues, ils s'étaient endormis. La marée montante les avait réveillés deux heures plus tard. La belle robe jaune de Marie-Hélène était à moitié trempée. Ils en avaient ri. Ils étaient heureux.

Ce soir, Olivier proposerait à sa conjointe de retourner sur cette plage près de l'église de Saint-Jean. Ils pourraient marcher, se coller, se foutre des conventions, se retrouver comme avant. Il savait qu'il n'avait pas besoin de boire pour goûter à cette légèreté de l'être. Il avait expérimenté le phénomène souvent, dans le temps.

Mais avant tout, il se préparait à faire amende honorable. Il profiterait de cette soirée pour demander pardon. Ses dernières frasques étaient effroyables. Il se sentait d'ailleurs encore coupable. Une petite voix lui empoisonnait la vie par moments. Ce soir, il espérait recevoir l'absolution de Marie-Hélène. Il désirait retrouver la complicité, la chaleur et l'intimité de son couple.

Après treize années de vie commune, ils avaient évolué. Leur amour s'était-il transformé ? Probablement. Les couples vivaient tous des crises. Marie-Hélène et lui ne faisaient pas exception. Sa femme était devenue plus sérieuse que lui. Elle était plus sévère avec les garçons et insistait pour que l'ordre règne dans la maison. Elle accordait beaucoup plus d'importance que lui aux biens matériels et aux objets de luxe. Néanmoins, il saurait s'adapter. Il s'accommoderait de ces différences tout en restant lui-même.

D'ailleurs, il n'avait plus le choix de rester lui-même. Sa personnalité de « bon gars » lui avait déjà joué des tours. Il s'était perdu et il avait connu les tourments de ceux qui naviguent en eau trouble. Dorénavant, il accepterait consciemment certains compromis tout en prenant garde de ne pas s'oublier.

Il achevait de se préparer quand Jules arriva à la course.

— Papa, papa ! Maman t'attend dehors. Elle jase avec Julie-Anne, celle qui nous garde quand vous sortez. Viens-tu ?

— J'arrive, champion ! Dis à ta mère que je veux être élégant pour sortir avec elle.

— D'accord, je vais aller l'avertir.

Olivier entendit son fils dévaler l'escalier. Il prit son portefeuille et descendit à son tour. Marie-Hélène prendrait sa voiture et conduirait puisqu'il n'avait plus de permis. Il se fit la promesse que le jour où il le récupérerait il conduirait sa blonde à l'hôtel dans sa propre auto. À ce moment-là, il aurait réparé les torts causés à ses proches et il serait fier de lui. Aujourd'hui, il avait confié ses problèmes à la vie tout en promettant de les régler un jour à la fois. Il n'avait donc pas à s'en préoccuper.

Tout le monde était sur la terrasse. Les garçons jouaient avec des figurines de chevaliers et les deux filles discutaient de l'horaire et des activités de la soirée. Olivier fut soudain frappé par la tenue de Marie-Hélène. Elle portait un pantalon beige avec une veste et des accessoires chics. Ses cheveux étaient soignés et elle s'était maquillée plus que d'habitude.

Olivier songea qu'il n'avait pas tort de penser qu'elle avait changé. Avant, elle aurait porté un pantalon de sport et un simple t-shirt ou une robe à petites fleurs avec un sac jeté négligemment sur l'épaule. Pas ce sac rigide assorti à ses talons hauts.

« Les filles changent, se dit-il. Elles deviennent des femmes et modifient leur habillement – même si cela les vieillit ! À moins que ce ne soit moi qui aie oublié de gagner en maturité. Ça aussi, c'est possible ! »

Après les bisous aux enfants, Marie-Hélène déposa sa veste sur la banquette arrière et prit le volant. À sa droite, Olivier se sentit encore une fois gêné. Il résolut quand même de passer une bonne soirée. Marie-Hélène s'excusa : elle devait arrêter à la station d'essence. Cette diversion meubla leur conversation.

Une petite brise se leva et le soleil se cacha derrière les nuages. Ils firent le tour de l'île en jasant de tout et de rien. Surtout de la rentrée scolaire des enfants qui approchait. Ils évitèrent de parler des derniers temps, de la thérapie d'Olivier et de l'été accablant qui s'achevait. Cet été qui les avait abandonnés tous les deux à leur solitude et qui, par moments, leur avait donné le sentiment d'être des étrangers l'un pour l'autre.

Au resto, Marie-Hélène commanda un verre de vin avec son plat principal. Olivier choisit une eau minérale sur glace. Marie-Hélène s'excusa de nouveau ; elle pouvait annuler le vin et demander de l'eau ou une boisson gazeuse. Olivier la rassura : il était très à l'aise avec cette situation et elle ne devait rien changer. Il était heureux, vraiment très heureux de vivre sans alcool. Puis il raconta certaines anecdotes de la thérapie en caressant les mains de sa blonde. Un peu plus tard, ils dégustèrent des desserts qu'ils qualifièrent de divins. Comme d'habitude, ils avaient opté pour des pâtisseries à partager. Deux pâtisseries différentes. Une seule assiette.

En parlant des plus récentes folies des enfants, ils rigolèrent franchement. Olivier pensa qu'enfin ils étaient dégênés et parvenaient à se rejoindre. Il fallait toujours se donner du temps après un malentendu.

Encore guillerette, Marie-Hélène fila à la salle de bain. « C'est son genre », songea Olivier. Un fou rire déclenchait toujours le même réflexe chez elle : vite, une salle de bain ! En revenant, elle s'assit et déclara sans préambule :

— J'ai quelqu'un, Oli.

— Quelqu'un pour quoi ?

— Oli… Ne me rends pas la tâche plus difficile, s'il te plaît…

— Je ne comprends pas… Tu as quelqu'un ?

Olivier tomba des nues.

Marie-Hélène se mit à pleurer. Olivier commençait à percevoir le fossé creusé entre eux. Croyant rêver, il se dit qu'il évaluait sans doute mal la situation. Ce n'était pas sérieux ! Sa blonde avait quelqu'un… quelqu'un d'autre à aimer ? Non, non ! Impossible !

Marie-Hélène se moucha. Olivier souffrait dans tout son être. Il dut créer une diversion dans son esprit. Il fixa le bois autour de la fenêtre, celui autour des carreaux. Le lissant du bout des doigts, il estima que c'était du vrai bois et non une imitation. Du chêne, probablement.

— Je m'excuse, Olivier, mais… ça fait déjà six mois.

Marie-Hélène avait décidé d'aller jusqu'au bout.

— Quoi ? Tu as quelqu'un depuis tout ce temps. Six mois ! Te rends-tu compte ?

— Il demeure à Montréal. Je l'ai connu lors d'une rencontre professionnelle au printemps. Tu te souviens du congrès à la Place Bonaventure ?

Elle brassait lentement son café.

Olivier repoussa brusquement l'assiette des desserts, laissant tomber le reste du fondant aux pommes et la crème Chantilly.

— Oui, je m'en souviens ! Et je suis censé réagir comment ? C'est sérieux, votre affaire ?

— Je ne sais pas, Olivier. Ce que je sais, c'est que toi et moi, ça ne fonctionne plus. Je veux vivre !

— Et moi, qu'est-ce que je veux, tu penses ?

Marie-Hélène sortit un autre papier-mouchoir. Elle prit une grande respiration avant de déclarer :

— Laisse-moi finir, s'il te plaît ! Je suis rendue ailleurs, Oli. Et ça n'a pas de rapport avec toi. Tu as fait ce qu'il fallait pour régler ton problème et tu es un super bon père.

— Je mérite un prix, peut-être ?

Le sarcasme d'Olivier blessa Marie-Hélène. Elle pleurait maintenant comme une Madeleine. Olivier se demanda comment se ressaisir dans une telle situation. Il ne connaissait pas le mode d'emploi. Pas plus qu'il ne savait ce qu'il ressentait en ce moment précis.

Devait-il la consoler ? Crier ? Appeler son parrain illico ? Essayer de vendre à Marie-Hélène sa salade de sobriété prometteuse ? Lui rappeler leurs meilleurs moments des treize dernières années ? Lui reprocher sa tricherie ? Six mois, quand même ! Devait-il agir comme une lavette ou comme un guerrier ?

La seule chose dont il était certain, c'est qu'il ne remettrait jamais les pieds dans ce restaurant. Cet endroit demeurerait le témoin d'une scène affreuse et insensée.

Après tous ses efforts pour changer, il n'aurait jamais imaginé pareil scénario. Il était sidéré, sans mot. Pendant qu'elle pleurnichait, il commençait à faire des liens : les voyages, les nouveaux vêtements, le changement de maquillage, la politesse au détriment de la spontanéité, l'absence de crises lors de ses dernières cuites... Mais oui ! Marie-Hélène aurait dû s'effondrer ! D'ailleurs, elle semblait ne plus avoir envie d'aller à l'Auberge Inn comme avant. Quelque chose avait déjà changé... s'était cassé... Il aurait dû comprendre depuis longtemps. Et les nombreux textos, les courriels, les téléphones...

— Pardon ! chuchota-t-elle.

« À la maison, Marie aurait crié », se dit Olivier. Ne sachant plus où il en était, il répondit en baissant les yeux :

— Pardon aussi !

Marie-Hélène retourna à la salle de bain. Pendant son absence, Olivier régla l'addition.

Lorsqu'elle revint, il lui demanda :

— Marie, c'était quand, la première fois ?

Mal à l'aise, elle essaya d'éviter le sujet.

— Je t'en prie, Olivier !

Mais il insista :

— C'était quand ? J'ai besoin de savoir.

— C'était avant Pâques, répondit-elle sèchement. Tu étais sur le *party*.

— J'étais sur le *party*, oui, mais pas assez pour oublier que tu étais absente à la fête du Lapin, la fête du quartier ! Madame avait quelque chose ! Et tu n'étais pas à l'Auberge Inn le soir de la fête de Pierre. J'étais toujours seul avec nos garçons !

— Baisse le ton, Olivier ! supplia-t-elle à voix basse. Tu as raison pour tout. J'avais décroché, je crois bien…

Ils quittèrent le resto, tristes comme les amants délaissés des chansons de Brel. Le retour se fit en silence. Marie-Hélène essuyait ses larmes à tout moment. Olivier remarqua soudain qu'elle laissait des traces de *make-up* sur le mouchoir. Complètement désillusionné, il ne reconnaissait plus sa blonde. Il ne comprenait plus rien à la vie. Pourquoi fallait-il en arriver là après une thérapie, après un travail intense dans le but de venir à bout de ses difficultés ? C'était ridicule, révoltant.

À la maison, Marie-Hélène monta se démaquiller et prendre un bain. Olivier s'installa dans le séjour et alluma la télé. Il dormirait là, sur le futon. À une heure du matin, il n'avait toujours pas décoléré. Il appela Étienne pour parler, mais se heurta à un répondeur. Il pensa à consommer, mais résista. Combien de temps tiendrait-il ?

À deux heures du matin, la sonnerie du téléphone le sortit de sa torpeur. Étienne le rappelait. Il revenait d'une noce. Lorsque son cellulaire avait sonné, il conduisait sur l'autoroute ; cela l'avait empêché de répondre.

Olivier raconta ses malheurs à cet étranger qui l'accueillait comme un frère. Ce frère était disponible : il n'avait pas sommeil et avait tout son temps. Non, Olivier ne le dérangeait pas. Un jour, lui aussi aurait l'occasion de « donner au suivant ».

Pendant la longue conversation avec son parrain, Olivier, pour la première fois de sa vie, prit conscience de la puissance de l'amour inconditionnel. Un gars, inconnu jusqu'à tout récemment, réussit à le convaincre que l'instant présent était toujours celui qui l'amènerait plus loin, celui qui le conduirait vers le bonheur.

Ainsi, Étienne lui apprit que le dernier jour d'une relation difficile était souvent le premier d'une vie de liberté. Qui conduirait probablement Olivier à une autre relation de couple, plus tard, qui serait plus heureuse.

Le jeune homme s'accrocha à l'idée d'une nouvelle liberté et s'endormit en se disant qu'une vie de couple n'était pas pour demain. Il désirait surtout donner à ses fils un père en santé, présent et épanoui. Il pensa aussi que la vie était remplie de surprises. Il commençait à en avoir assez de ce qu'Étienne appelait la « croissance de l'être », cet apprentissage qui obligeait à surmonter plusieurs épreuves de la vie.

Il se dit que son Dieu avait maintenant une dette envers lui. Assez, c'est assez ! Il avait cependant l'intuition que le vent ne tournait pas sous les ordres d'un Olivier Chénier. Le vent tournait au bon moment, parole d'Étienne.

Chapitre 9

La canicule s'étirait en ce milieu d'août. Toutefois, ce bel été avait un prix. L'humidité augmentait de jour en jour et les feux de forêts se multipliaient dans le nord du Québec. Les gros orages annoncés depuis la veille étaient toujours attendus. Le soleil discret et l'absence de vent enlevaient toute envie de s'épivarder ou de se lancer dans des prouesses exigeant des efforts physiques un tant soit peu intenses.

Néanmoins, Pierre et Justine s'en donnaient à cœur joie dans la cuisine. Ils vaquaient aux derniers préparatifs avant l'arrivée de leurs enfants pour le *party*. Pierre avait déniché une machine pour souffler les ballons de fête et il jubilait devant sa femme.

— Fini le temps où on s'éreintait à souffler ces ballons ! Quelle couleur veux-tu, chérie ?

— Jaune, ce serait joli, il me semble.

— Donne-moi cinq secondes… Tiens, le voilà ! As-tu un petit ruban pour l'attacher ?

Un tas de ballons roulaient sur le plancher sous l'effet de la brise du ventilateur sur pied que Pierre trimballait d'une pièce à l'autre. Justine riait. Elle aimait toujours voir Pierre s'amuser comme un enfant. La radio jouait en sourdine *Les quatre saisons* de Vivaldi et il tentait de suivre le rythme en soufflant les ballons avec le petit appareil.

Justine consulta sa liste de tâches : gâteau, ballons, nappe et napperons, bouteilles de rosé au frais, fromages à la température de la pièce…

— Je prépare la crème fouettée, annonça-t-elle à son mari. Ensuite, il faudra descendre le billot et le mettre dans le frigo du sous-sol.

— Quel billot ?

Pierre nageait en pleine confusion.

— Je t'explique. C'est une recette de Ricardo…

Mais Pierre ne comprenait toujours pas.

— On a fait trois gâteaux roulés hier ! s'exclama-t-il. Tu as failli me faire mourir de chaleur !

Justine rit aux éclats. Elle s'avoua qu'elle avait vraiment exagéré la veille. Trois gâteaux par un après-midi de 29 degrés, plus le facteur humidex ! Tout ça après une promenade…

— Oui, chéri ! Justement, les trois gâteaux roulés seront installés bout à bout sur une longue planche, recouverts de crème fouettée et enrobés de bleuets. Ça va donner un billot aux bleuets ! Ce sera super beau et spécial.

— Trois gâteaux bout à bout ? Ça va te prendre toute une planche pour les supporter…

— C'est vrai ! Mais on a sûrement quelque chose comme ça dans le cabanon ou au sous-sol, non ? On aura qu'à recouvrir la planche de papier d'aluminium !

— Toi et tes idées ! Peut-être que ça marchera… Sinon as-tu un plan B ?

— Non, chéri ! Désolée…

Justine se croisa les doigts pour que son billot s'avère une réussite. « Et le reste aussi », pensa-t-elle. Il fallait que le beau temps se maintienne toute la soirée, pour conserver le charme de la grande tablée dehors avec la nappe de coton.

Pierre appela Justine. Il sortait du cabanon. Il avait finalement scié une planche.

— Tu pourras mettre ton œuvre d'art là-dessus ! ironisa-t-il.

— J'ai le meilleur mari de toute la ville de Québec ! Chéri, c'est exactement ce que je voulais.

Ils s'assirent dans l'escalier extérieur et prirent une pause.

— Une « tite pause » ! dit Justine d'une voix enfantine.

Elle imitait Simone qui s'assoyait sur le bas-côté lorsqu'elle ne voulait plus marcher dans la rue. Un langage appris à la garderie.

— À quelle heure Paul arrivera-t-il ? demanda Pierre à Justine.

— Je les attends vers trois ou quatre heures, Zoé et lui. Ils sont toujours les premiers. Brigitte et Olivier devraient se pointer assez tôt aussi, car ils veulent placoter entre eux. Ils ne se sont pas croisés souvent cet été.

— Mais Paul…

— Qu'est-ce qu'il y a ?

— Ton fils sera seul. Zoé a écrit sur Facebook qu'elle passerait tout le mois d'août en Europe. Brigitte t'en a parlé lors de sa visite, l'autre soir.

Justine était surprise. Aux dernières nouvelles, son *chum* ne voulait rien savoir de perdre son temps sur Facebook – « je laisse ça aux jeunes », disait-il. Et Paul lui avait pourtant précisé que, s'il ne rappelait pas, cela signifiait que tout serait comme d'habitude. Donc Justine était convaincue de voir son fils et sa belle-fille ce soir.

Pierre s'expliqua :

— C'est Caroline qui me l'a appris ce matin au téléphone. J'étais certain que tu étais au courant.

Justine échappa sa tasse sur la dernière marche de la galerie. Elle se fracassa en plusieurs morceaux sur le ciment, qui rebondirent dans l'herbe.

— Ça ne va pas, mon amour? s'informa Pierre, à genoux dans le gazon.

Pierre pouvait prendre beaucoup de temps pour récupérer les fragments d'une pièce de vaisselle cassée. Il se tourmentait à l'idée que quelqu'un puisse se blesser. Un vieux souvenir d'enfance!

Justine se pencha pour l'aider. Ils étaient agenouillés tous les deux au pied des marches. Le dos courbé, elle en avait assez. Depuis quelque temps, elle portait une tristesse qui surgissait à chaque contretemps. Une contrariété et hop! elle se sentait découragée! Le cœur serré et les larmes aux yeux, elle s'écria:

— Non, ça ne va pas! Oli sans Marie, Paul sans Zoé, Julien sans Rose! Je sais bien que leurs couples sont en péril. J'ai... j'ai tellement de peine. Marie n'accepte pas le problème d'Oli, c'est simple à comprendre! Pour Zoé, c'est son professionnalisme qui l'amène à toujours prendre plus de responsabilités. Elle est plus souvent à l'extérieur qu'avec Paul et refuse même d'avoir des enfants. Pour ce qui est de Rose, elle est malheureuse comme les pierres et ne vient pas au *party* à cause de Mylène.

Ils étaient assis dans le gazon. Pierre scruta les alentours, à la recherche de débris oubliés. Les voisins étaient-ils dehors? Avaient-ils entendu la longue plainte de Justine? Pensaient-ils qu'ils étaient en train de se disputer?

— Je te comprends ! chuchota-t-il. Tout ça est un concours de circonstances. Oli s'en remettra avec le temps. Pour ce qui est de Paul, on ne sait encore rien. Quant à Julien et Rose, ce n'est pas définitif. Un vrai yo-yo, leur couple ! Peut-être que tu exagères, ma chérie ?

Justine se braqua :

— Eh bien moi, j'ai de la peine ! Nos trois garçons seront seuls ce soir. Aucune de nos belles-filles ne sera présente à notre *party* d'été. Pourtant, avant, jamais elles n'auraient manqué ça !

— Oui, je comprends.

— Pénélope, Jules et Mathéo seront avec leur père ! Les hommes seuls avec les enfants ! C'est le monde à l'envers, non ?

Pierre finit par avouer qu'il trouvait ça difficile, lui aussi.

— Chérie, je ne suis ni aveugle ni sourd. Depuis hier, j'essaie de ne pas y penser.

— Excuse-moi, mon amour ! Je suis trop prompte. Je m'en veux.

— En fait, Julien sera accompagné. Il viendra avec Mylène, une bonne amie, ça a l'air !

— Je sais. Ma foi, on dirait qu'il veut provoquer Rose !

Quelques minutes auparavant, Pierre avait déposé les tessons de porcelaine à côté de lui et il s'était assis à l'indienne. Il avait maintenant les jambes engourdies. Il conclut la conversation :

— Bon ! Il faut se résigner ! Le *party* 2008 sera spécial, c'est tout ! Ce qui compte, c'est que nos six enfants et nos dix petits-enfants seront tous présents.

Il se rapprocha de Justine et l'embrassa. Elle ébaucha un faible sourire. L'heure passait. Tous deux se levèrent et se remirent en action. Maryse viendrait bientôt livrer les victuailles commandées et Justine voulait prendre le temps de lui offrir un café.

— Je dois me bouger les fesses ! dit-elle à Pierre pour le rassurer.

Elle regagna la maison, enleva son tablier et monta prendre une douche. Pierre vérifia le bois et prépara l'emplacement pour le feu de camp.

En arrivant au deuxième étage, Justine songea à sa discussion avec son mari. Elle n'en revenait pas : les trois garçons seraient seuls ! En voilà, une affaire !

On sonna à la porte. Elle entendit le voisin parler à Pierre :

— Ça marche pour ce soir. On va essayer de faire du beau travail.

M. Corbeil venait de confirmer sa présence à la fête. Il serait accompagné de son équipe d'anciens musiciens de l'Orchestre symphonique de Québec. Ensemble, ils joueraient dans la cour à l'heure du repas. En arrivant, ils prévoyaient organiser une parade-surprise avec les enfants. Justine et Pierre leur paieraient une minime contribution volontaire.

« Enfin une bonne nouvelle ! » se dit Justine, ravie de la venue des musiciens. Sans remplacer les belles-filles, ils créeraient tout de même une ambiance divertissante et de la magie pour les petits.

Plus enjouée, elle enfila ses nouveaux vêtements achetés en solde lors de sa dernière sortie avec Margot. Un capri imprimé dans divers tons de rouge et un t-shirt blanc cintré. Selon son amie, ces deux morceaux avaient de la gueule.

Les filles étaient allées magasiner après que Justine avait pris son rendez-vous pour une TACO. Elle passerait cet examen avant de partir pour Compostelle. Jusqu'à présent, les radiographies montraient toujours une petite tache, mais les examens sanguins étaient normaux. Sa gynécologue parlait toujours de prévention. Malgré cela, même si elle ne croyait pas à la présence d'un cancer, Justine éprouvait une frousse indescriptible. Heureusement, Margot savait la rassurer.

Elle se coiffa et se maquilla discrètement. Une touche de parfum compléta le tout. Elle achevait de ranger lorsque Pierre vint la rejoindre.

— Wow ! Ma femme est en beauté ! Je ne te vois pas souvent en rouge, ma chérie. Tu es ravissante !

— Un petit *kit* acheté en fin de saison ! Une bonne affaire.

— J'ai de l'ouvrage à faire pour être digne de t'accompagner.

— Je suis certaine que tu y arriveras. Mais n'oublie pas : pas de chandail rouge pour toi.

— Ah ! C'est vrai ! Il ne faut pas que nous portions les mêmes couleurs. Madame n'aime pas.

Ils rigolèrent.

Maryse, qui venait livrer chez Justine deux ou trois fois par année, gara sa petite Yaris bleue. Ensuite, elle sortit deux paquets d'une glacière portative. Le t-shirt mouillé à cause de la forte humidité, elle sonna à l'Auberge Inn tout en examinant les alentours. Elle adorait ce coin de campagne en ville et enviait son amie d'y habiter.

Justine accourut.

— Allô, Maryse ! s'écria-t-elle. Entre et donne-moi ça. Non mais quelle chaleur !

— Je retourne chercher les mousses et les pâtés. Je n'avais pas assez de mes deux mains.

— D'accord ! Pendant ce temps, je préparerai des limocitrons. Ça te va ?

— Une telle invitation ne se refuse pas ! Et puis le fait de boire m'évitera probablement l'évanouissement.

— Tu es folle ! Cette canicule n'aura certainement pas ta peau. Tu es trop forte.

Elles décidèrent de rester à l'intérieur pour se rafraîchir. Après l'accolade, Justine rangea les provisions. Maryse lui raconta qu'il y avait beaucoup de demandes ce week-end. Plusieurs fêtes étaient organisées. Avec son commerce, elle brassait de bonnes affaires. Gaby, son employée, et elle se partageaient le travail de livraison afin qu'il y ait toujours quelqu'un au magasin. Elle achevait sa tournée. Ce soir, un client important l'attendait vers dix-neuf heures à Saint-Tite-des-Caps.

— Juste en haut de la côte de la Miche, précisa Maryse.

— Effectivement, ce doit être un bon client ! C'est quand même assez loin de ton commerce.

— Ça vaut la peine, crois-moi ! rigola la commerçante. Il a plus de cent invités et il ne cuisine rien. Il ne jure que par mes charcuteries, mes pâtés et mes desserts. J'arrive chez lui avec des assiettes toutes montées. M. Marcus m'invite même à son *party* qui a lieu une fois par année. Il est millionnaire et il paie bien !

— Acceptes-tu de participer à sa soirée ?

— Un verre de vin et je décampe ! Il serait capable de m'installer au service tout le temps du repas. Mais toi, comment ça va ? Tu es toute belle ! J'imagine qu'il y aura beaucoup de monde ici ce soir ?

— On sera moins nombreux cette année. On…

— … on a des belles-filles qui nous boudent ! compléta Pierre qui venait de se pointer.

Il était élégant, fraîchement rasé et voulait prendre le temps de saluer Maryse. Il accepta l'invitation des deux femmes à venir placoter et se prépara un café. À trois, ils échangèrent sur l'absence des belles-filles, les familles modernes, les familles reconstituées, les séparations…

— Moi, je pense qu'aujourd'hui on a beau être sérieux, c'est rare qu'on passe toute sa vie avec la même personne, déclara Maryse. Sinon ça prend de « vieilles âmes » !

— Je suis d'accord avec toi, formula Pierre. À notre époque, les gens se sentent plus libres de se remettre en question. Avant, la religion prenait toute la place et plusieurs n'osaient pas divorcer. La culpabilité les aurait trop rongés.

— N'empêche qu'une séparation, ce n'est pas rien ! énonça Justine, encore déboussolée par les plus récentes histoires survenues dans la famille.

— Non, ma chérie ! dit Pierre. C'est très sérieux. On en sait quelque chose, toi et moi, ajouta-t-il en se levant. Bon, je vous laisse, maintenant. Il me reste encore des ballons à accrocher, des bouteilles à mettre au frais…

Maryse partit cinq minutes plus tard.

— Salut, Justine ! clama-t-elle. Tu peux passer à ma boutique même si tu ne commandes rien, tu sais. Tu me donneras des nouvelles de votre *party*, de ma bouffe et aussi... de Rose. Maintenant que je la connais, je pense à elle parfois. Bon ! Je te raconterai ça une autre fois. Je me sauve. Je suis déjà en retard.

— Je te reparle bientôt, promit Justine.

Chapitre 10

Brigitte arriva la première, son petit Léo collé à la hanche. Arnaud suivit avec Simone, bien appuyée contre papa pour continuer son dodo. C'était immanquable ! Dès que la fillette faisait cinq kilomètres de route, elle s'endormait. Les enfants étaient tous les deux blonds et frisottés comme leurs parents.

Brigitte déposa Léo par terre après avoir embrassé Justine. Le pouce dans la bouche, le petit pointa les seins de sa mère avec son index. Brigitte expliqua qu'il faisait ce geste dès qu'il avait soif ou qu'il éprouvait un malaise.

Une fois réveillée, Simone sauta dans les bras de Pierre et lui donna un câlin. Puis elle accompagna Justine à la cuisine.

— Est-ce que c'est l'heure de la collation, mamie ?

— Oui, mon cœur ! Viens manger de petits fruits en attendant tes cousines.

Pendant les *partys*, Simone, Pénélope, Sue et Sao May jouaient ensemble et ne se quittaient pas d'une semelle. Si elles étaient timides au début d'une rencontre, elles pleuraient souvent au moment de la séparation.

Brigitte et Arnaud annoncèrent qu'ils avaient fabriqué un enclos dans la cour. Ils voulaient élever quelques poules.

— On aime ça, les produits du terroir et l'autonomie pour subvenir à nos besoins, hein, chéri ? lança Brigitte à son *chum.*

— C'est certain qu'on aime ça ! Le bio, c'est la santé. Nos poules seront nourries au grain.

— Vous êtes courageux ! répondit Pierre qui n'avait aucunement la fibre agraire.

Un brouhaha s'éleva dehors. Caroline arrivait avec sa famille et des cadeaux pour tous les enfants : des flûtes spéciales rapportées des États-Unis. Sue et Sao May rayonnaient de joie en en distribuant une à Simone. Joël, leur père, avait été de garde toute la nuit et supportait mal le bruit des mirlitons. Pierre l'invita à se servir un verre à l'intérieur.

Les deux petites Asiatiques portaient des leggings imprimés à l'effigie de Dora et des blouses rose et bleu.

— Vous êtes craquantes, les filles ! s'exclama Brigitte.

— Maman, qu'est-ce que ça veut dire, « craquantes » ? demanda Sue à Caroline.

— Ça veut dire que vous êtes jolies.

Pierre la prit dans ses bras et lui expliqua que « craquantes », c'était comme « croquantes ». Cela signifiait que sa sœur et elle étaient belles à croquer ! Il fallait donc faire attention !

Pierre se mit à pourchasser les gamines pendant que les parents se rassemblaient autour du comptoir pour se servir un apéro. C'est alors qu'Isabelle et Thomas firent leur entrée avec leurs trois rejetons. Tous allaient bien. Béatrice, huit ans, annonça à Justine qu'elle avait maintenant un téléphone cellulaire.

— Maman trouve que c'est plus sécuritaire, et papa est d'accord. C'est maman qui décidera quand j'aurai le droit de l'apporter avec moi.

Quant à Gabriel et Antoine, qui n'avaient que le mot «soccer» à la bouche, ils filèrent dehors avec leur ballon. Ils furent vite rejoints par leurs deux cousins, Jules et Mathéo, qui venaient d'arriver avec leur père. Olivier laissa les joueurs sur la galerie et entra dans la maison.

Si les enfants s'amusaient ferme à l'extérieur, une ambiance étrange régnait dans la cuisine. L'apparition d'Olivier provoqua une grande émotion. Personne ne voulait parler de son «voyage» à Montréal ni de l'absence de Marie-Hélène. Olivier se confierait lorsqu'il serait prêt. Cependant, l'étreinte trop chaleureuse de Justine et la tape dans le dos de Pierre générèrent un grand frisson. Les filles avaient les yeux pleins d'eau et les gars cherchaient de quoi s'occuper.

Brigitte se leva pour embrasser son frère et se resservir du thé vert. Justine observait sa fille et son fils. Elle trouvait qu'Olivier avait l'air d'un ado à peine pubère avec ses cheveux fraîchement coupés.

Pour alléger l'atmosphère, Brigitte lança:

— J'achève de boire du thé vert. Bientôt, mon fils sera sevré et je pourrai prendre un petit verre de rouge. Ça s'en vient !

Isabelle la comprenait, car elle avait allaité ses deux garçons jusqu'à l'âge de deux ans.

— On est bonnes, hein, Brigitte ?

— Oh ! Je n'ai pas vraiment de mérite, car j'adore allaiter.

Olivier s'était servi une eau minérale et jasait de travail avec Thomas et Arnaud. Justine trouva son fils encore amaigri, malgré son allure fringante. Elle se fit violence pour ne pas s'isoler et verser quelques larmes en pensant aux semaines qu'il venait de vivre. Elle alla plutôt dehors quêter des bisous de Jules et Mathéo.

Les invités sortirent quelques minutes plus tard. Certains supervisèrent le soccer pendant que les filles chantonnaient dans la balancelle. D'autres admiraient le jardin de Pierre et Justine. Ils s'étonnaient de la quantité de légumes encore en croissance. Le couple vanta la recette gagnante : un été chaud et ensoleillé.

— Papi et mamie l'arrosent tous les jours, déclara Béatrice, fière de connaître ce secret.

— Tu as tout compris, mon cœur ! dit Justine à sa petite-fille qui se collait contre elle. On dirait bien que les grands ne connaissent rien aux jardins !

On entendit un bruit de moteur dans l'entrée. Paul débarquait à son tour. Justine courut l'accueillir avant les autres.

— Allô, trésor !

— *Mom*, ça va ? Tu es belle en rouge.

Il leur sembla à tous les deux qu'il y avait une éternité qu'ils ne s'étaient pas vus. Les chamboulements donnaient sans doute l'illusion que le temps rallongeait.

— Merci, mon grand garçon ! Moi, ça va bien. Et toi ?

— Pas vraiment…, révéla Paul, les lèvres tremblantes.

— Que se passe-t-il ? Allez, viens m'embrasser !

Paul se pencha dans l'auto pour prendre ses verres fumés et son sac. En fait, il s'activait pour cacher ses émotions. Justine comprit que le fait que Zoé prolonge son séjour en Europe provoquait beaucoup de tristesse chez son fils. Seule son amoureuse pouvait le chavirer à ce point. Justine pensa à ses trois belles-filles qu'elle adorait. Pourquoi ne se battaient-elles pas plus pour leurs hommes ?

Elle tentait de calmer sa propre agitation quand Paul reprit la parole calmement :

— Il faudra que je te raconte, *mom*. Le problème, c'est que je veux des enfants.

— Oui, je m'en doutais !

— Mais Zoé n'en veut pas. Elle préfère son travail et les voyages.

— Oh !

— Elle planche sur sa carrière, expliqua Paul. Moi aussi, bien sûr ! Mais je voudrais tellement une famille. Si je reste avec Zoé, eh bien…

— Ne me dis pas qu'elle aussi s'investit dans sa carrière !

— Que veux-tu dire par « elle aussi » ?

— Marie-Hélène, Rose, Zoé… Elles se consacrent toutes à leur vie professionnelle et…

— Bien sûr ! répliqua sèchement Paul. Les femmes en ont le droit. Ce n'est pas comme dans ton temps, *mom* ! Je ne sais pas, mais il me semble que dans les années 1970, c'était différent.

Justine sentait la colère de Paul. Son fils devait prendre des décisions importantes dans sa vie personnelle. Il bouillait de rage. Après huit années de vie commune avec Zoé, il avait espéré fonder une famille. « La désillusion et l'amertume l'habiteraient pendant quelque temps », se dit-elle avant de clore le sujet :

— Je crois que cela a été compliqué à n'importe quelle époque. Viens, mon chéri, montons tes bagages. Je vais t'installer dans la chambre d'amis.

Paul s'excusa de s'être emporté. Il ne voulait pas discuter de cette façon avec sa mère. Ses problèmes l'affectaient, certes, mais il n'avait pas à la critiquer. Pouvait-elle oublier leur mésentente ? Justine s'expliqua à son tour. Depuis quelques semaines, les histoires de couples la perturbaient fortement. Mère et fils se firent un câlin et filèrent à l'intérieur.

Julien arriva le dernier avec Mylène et Pénélope. Dans la cour, il présenta « sa bonne amie » à tout le monde. Quant à la fillette, elle alla directement vers Sue dans la balancelle. De la galerie, Justine lui envoya un baiser soufflé et Pénélope sourit de toutes ses dents. Elle confia ensuite un secret dans l'oreille de sa cousine en pointant Mylène.

Pierre accourut avec Simone et Sao May sur le dos. Les gamines rigolaient à souhait.

— S'il vous plaît, il faut me débarrasser de mon fardeau ! blagua-t-il.

Olivier et Julien se portèrent volontaires.

Plusieurs avaient faim, alors Justine sortit la trempette et les canapés. Elle disposa le tout sur les deux tables après avoir fait le tour des petits groupes qui jasaient tout en surveillant les enfants. Durant sa tournée, elle constata qu'Arnaud était sérieux lorsqu'il parlait d'acheter une ferme et d'élever des poules. Elle l'entendit expliquer qu'il en avait assez de cette vie moderne où les gens allaient bientôt se parler par l'entremise des machines. Il était farouchement contre l'hyperconsommation, contre les tendances vers la facilité, les produits chimiques dans l'alimentation, tous ces magasins à un dollar qui vendaient des produits fabriqués en Chine ou ailleurs. Contre la vie moderne, finalement !

— Plus les gens magasinent, moins ils sont rassasiés. Ce mode de vie les rendra dépendants et malheureux ! clama haut son gendre.

La mère imagina sa fille vivant à Saint-Clin-Clin dans quelques années. Était-elle faite pour les champs à perte de vue, les animaux, la corde à linge ? Tirerait-elle un trait sur l'abondance, elle qui rêvait d'ouvrir un bureau de psychologue pour enfants dans sa propre maison et d'avoir des associés, une secrétaire et une femme de ménage ?

Justine apprit aussi qu'Isabelle et Thomas avaient signé une offre d'achat en vue d'acquérir une propriété huppée à Lac-Beauport. Contrairement à Brigitte et Arnaud qui prônaient l'écologie et le retour à la terre, ce couple adhérait aux courants technologiques.

— On a seulement une vie à vivre, mais je n'ai rien contre les capitalistes, moi ! plaisanta finalement Thomas, ce qui fit sourire tout le monde.

— Entre le capitalisme sauvage et le retour à la terre agricole, y a-t-il quelque chose d'autre ? lança Caroline. J'irais peut-être par là.

— Ce n'est pas bête, ton affaire! l'approuva Olivier. Moi, j'embarque.

La température était de leur côté. Les nuages se tassaient. L'orage avait passé tout droit. Sur le coup de dix-sept heures, la cour était toute ensoleillée. Pierre sortit la poche remplie d'épis de maïs. Tous se rapprochèrent pour l'épluchette, moment sacré de ce *party*. Puis on porta un toast à l'anniversaire de Paul.

Simone exigea de la musique. Julien brancha la chaîne stéréo dehors et y inséra un CD. À la demande de Pénélope, les enfants firent une ronde en chantant *Marianne s'en va-t-au moulin*. Plusieurs adultes se joignirent avec joie à eux pour chanter *Ça fait rire les oiseaux* de la Compagnie créole. Le petit Léo de dix-huit mois se promenait au milieu des danseurs en répétant:

— Zozo... Zozo...

Justine remarqua que Pierre taquinait Mylène, lui disant de faire attention à son fils. Elle trouva son mari émoustillé et en fut un peu dérangée. Il retournait continuellement jaser avec Julien et son amie et il engageait la conversation en usant d'humour pour attirer l'attention. Qu'avait donc Pierre à crâner comme un jeune blanc-bec qui a peur de passer inaperçu? Il semblait troublé par la jeune femme. D'ailleurs, celle-ci était belle comme une fleur au printemps. Plutôt élancée, un sourire de dents droites et très blanches, une peau de satin, une chevelure carrée blonde et souple, elle portait une petite jupe imprimée et une camisole blanche des plus échancrées. Ses sandales dorées donnaient du mordant à son apparence tout en y ajoutant de l'élégance. « Mylène est craquante, pratiquement croquante, elle aussi », songea Justine.

On éteignit la radio pour laisser la place aux musiciens. M. Corbeil et ses acolytes portaient chacun un panier de chapeaux de fête, de colliers hawaïens et de flûtes à distribuer. La parade s'organisa rapidement. Les quatre musiciens ouvrirent la marche et les dix petits ainsi que les parents suivirent à la queue leu leu. Léo, bien accroché à la main de sa sœur, en oublia complètement sa maman. Les enfants jubilaient et les adultes prirent des photos. Pendant quelques minutes, le groupe déambula dans la rue, circula autour de la maison et zigzagua dans la cour en contournant le jardin, les tables et la balancelle.

À leur retour, Pierre annonça que le maïs était cuit juste à point. Le blé d'Inde de Neuville fut le bienvenu et s'avéra encore meilleur cette année. Paul s'isola dans un coin avec Caroline. Il échangeait des confidences avec la jeune femme médecin qui était la maman de deux petites Vietnamiennes. Incapable de devenir enceinte, Caroline avait trouvé son bonheur dans l'adoption. Par contre, Paul vivait un problème différent : il était amoureux d'une fille qui ne voulait pas d'enfants. Mais, quoi qu'il en soit, l'horloge biologique tournait.

Brigitte entra pour donner le sein à Léo. Justine la suivit afin de préparer les plateaux de victuailles. Son mari semblait avoir oublié ses responsabilités. Mère et fille chuchotaient tout en vaquant à leurs tâches. Puis les enfants surgirent tour à tour pour venir quérir un jus, passer aux toilettes ou laver leurs mains. Encore excités, ils renversaient les verres, heurtaient le mobilier, se pourchassaient autour de la table.

— Attention, les cocos, vous allez un peu vite ! les prévint la grand-mère contrariée.

— Maman, demande de l'aide ! lança Brigitte qui s'apprêtait à changer la couche de son fils. Il fait très chaud et je trouve que tu as l'air fatiguée.

Justine se dit que sa fille avait probablement raison. La présence de Mylène drainait son énergie. De plus, comme lors de chaque fête, elle avait mille et une choses à accomplir et elle voulait que tout soit parfait. Elle mit son orgueil de côté et appela Pierre, Olivier et Julien. Mylène les accompagna. Justine leur dit qu'il fallait surveiller les petits et sortir les plats.

La grande table fut dressée en un temps record. Les musiciens créèrent une ambiance paisible pendant tout le souper. Les salades et les pâtés de Maryse firent fureur. Quant au fameux billot, il n'en resta pas un seul morceau. « L'an prochain, peut-être faudra-t-il cuire quatre gâteaux ! » pensa Justine.

Paul souffla ses chandelles d'anniversaire tout seul. Cette année, l'album photo se passerait du traditionnel cliché saisi chaque mois d'août depuis huit ans: Paul et Zoé soufflant leurs bougies ensemble. Comme elle leur manquait, la petite intello! Justine était-elle la seule à s'ennuyer de Zoé, de Marie-Hélène et de Rose? Pour l'instant, l'heure était à la fête et force était de constater que tout le monde semblait vraiment s'amuser.

Une chaîne s'organisa pour débarrasser la table. L'orchestre se mit en branle pour jouer la dernière pièce. Il s'agissait d'une danse spéciale. Parents et enfants furent invités à former deux grandes lignes face à face. Le guitariste démarra alors le *Ya Ya* de Joël Denis. Presque tout le monde entra dans la danse.

«*Je l'ai connue la la*
En dansant le ya ya, ha ha»

Les gamins riaient en imitant leurs parents qui frappaient des mains, tentaient de garder le rythme et de se rappeler les pas exacts. Plusieurs grands gueulaient la chanson en dansant. Quelques heures auparavant, cette ballade aurait sans doute été classée trop quétaine pour s'y laisser entraîner.

Malgré l'insistance des enfants qui criaient «Encore, encore!», la musique et la danse prirent fin. M. Corbeil et ses compagnons promirent de revenir l'an prochain. Essoufflés, les adultes se reposèrent en sirotant une tasse de café ou un verre de vin. Pour leur part, les enfants retournèrent à leurs ballons. Pierre fit un clin d'œil à Justine. Leur *party* était une vraie réussite. Le repas terminé et les musiciens partis, ils pouvaient maintenant relaxer.

— Beurk ! crièrent Simone et les fillettes de Caroline alors qu'un rassemblement se formait autour de Jules.

Olivier délaissa son verre d'eau minérale et courut voir ce qui se passait. Voilà que son fils portait à bout de bras un écureuil mort et que tous les enfants l'entouraient.

— Il faut l'enterrer, oncle Oli, dit Béatrice.

En temps qu'aînée, elle avait fait cette suggestion. L'idée recueillit l'approbation de tous les autres.

— Oui ! Oui ! cria la bande. Enterrons-le !

Julien apporta une pelle et creusa un trou au fond de la cour. Guidés par Béatrice et surveillés par les deux papas, les petits se recueillirent autour de la dernière demeure du rongeur.

Au retour des enfants, Justine se fit raconter l'aventure. Pendant qu'Antoine et Gabriel parlaient, Béatrice consolait Pénélope qui avait versé une larme. Simone en rajouta :

— Ce n'est pas juste ! Il a dû tomber d'un arbre. C'est oncle Oli qui l'a dit. Moi, je pense que les écureuils devraient courir seulement dans de petits arbres.

— Papa aussi l'a dit ! s'écria Pénélope qui reniflait encore. L'écureuil s'est assommé en tombant.

— C'est bien pire quand ce sont des personnes qui meurent, commenta Sao May.

— Dans notre famille, c'est mamie et papi qui vont mourir en premier, déclara naïvement Mathéo. Ce sont eux les plus vieux !

Pierre s'était joint au groupe. Il passa son bras autour des épaules de Justine, puis il répondit aux enfants :

— Bien sûr que c'est nous, mais ça va prendre du temps. Hein, mamie ?

— Mais oui, papi, c'est sûr ! répondit Justine quelque peu décontenancée par cette conversation. Oh ! Mes chéris ! Je crois que Julien vous appelle pour l'aider à allumer le feu de camp.

Mamie voulait-elle changer de sujet ? Quoi qu'il en soit, les garnements partirent à la course. Ils ne voulaient pas manquer le clou de la soirée – les « mamallos », comme le répétait Léo, lancé aux trousses de la clique.

La noirceur s'installait progressivement. Les nuages ainsi qu'une légère brise du nord avaient fait leur apparition.

— Enfin un peu de vent ! se réjouit Pierre.

— Du vent et encore du temps avant de mourir ! murmura Justine.

Le couple rit jaune au début, puis s'esclaffa.

— Ah ! Ces petits porteurs de vérité ! clama Justine.

Cette fois, c'est Pierre qui changea de sujet.

— Je crois que ça va tomber !

— Après cette canicule, cela ferait du bien !

Autour du feu, quelques jeunes s'endormirent, lovés dans les bras de leurs parents, qui fredonnaient des chansons rappelant les camps guides et scouts. Béatrice encourageait ses oncles et ses tantes à enchaîner avec d'autres chansons. Elle adorait les feux de camp depuis qu'elle était toute petite. Les garçons préparaient des branches pour y piquer les guimauves.

Un peu à l'écart, Olivier et Brigitte jasèrent longuement. Ils semblaient tous deux très sérieux. Olivier alluma une cigarette. Justine ne l'avait pas vu fumer depuis les années du secondaire, mais personne ne releva ce détail. D'ailleurs, Joël et Arnaud fumaient aussi à l'occasion.

Justine frissonna. Elle entra chercher sa veste de laine polaire. Dans la cuisine se trouvait un petit groupe. Elle vit Pierre, Paul et Julien rire aux éclats alors que Mylène exécutait des bouffonneries au milieu de la pièce. Pierre s'en amusait plus que les autres.

Une immense peine submergea Justine. La présence de cette fille accentuait l'absence de Rose. Justine avait mal. Le pire, c'est que Pierre semblait envoûté par cette séductrice. Elle trouvait l'attitude de son mari vraiment déplacée. Il s'agissait d'une première en dix-huit ans. Elle monta à sa chambre et prit quelques minutes pour écrire un courriel à Margot. Elle avait besoin de se défouler. Seule son amie d'enfance trouverait les bons mots. Justine eut cependant peu de temps pour s'apitoyer sur son sort, car un événement inattendu prit soudain toute la place.

Chapitre 11

Brigitte entra prendre le cahier *La Bonne Chanson.* Isabelle et Béatrice voulaient chanter les paroles précises de certaines mélodies connues. Elle demanda à Julien où était Pénélope. Ça faisait un petit moment qu'elle ne l'avait pas croisée.

— En haut avec Sue, répondit Mylène. Elle est allée chercher quelque chose, hein, Julien ? Ne t'inquiète pas, elles ont dû s'attarder…

— Mais Sue chante avec Béa autour du feu, répliqua Brigitte. Je l'ai vue avant d'entrer.

— Euh… Il s'agissait alors probablement de l'autre petite Vietnamienne, bafouilla Mylène. Je les confonds, je crois.

— Sao May est dehors, elle aussi, dit Brigitte.

Le visage crispé, Julien grimpa l'escalier en trois enjambées. Une fois là-haut, il cria à quelques reprises :

— Elle n'est pas ici !

Il commençait à s'inquiéter sérieusement. Il hurla par la fenêtre d'une chambre :

— Pénélope, viens trouver papa ! Pénélope !

Tous ceux qui étaient dans la cour entendirent l'appel ; ils en furent légèrement troublés. Personne n'avait aperçu la fillette depuis une quinzaine de minutes. À ce moment-là, effectivement, Julien et Mylène l'avaient vue monter l'escalier avec sa cousine.

Caroline entra avec Sue qu'on appelait depuis la galerie. Elle demanda à sa fille ce qui s'était passé en haut avec Pénélope.

— Raconte, mon amour ! C'est important.

— Elle a pris son sac des États-Unis, c'est tout ! confia l'enfant. Elle voulait aller se promener. Moi, j'ai allumé le feu avec oncle Julien et papi.

— C'est quoi, cet objet venant des États-Unis ? demanda Brigitte.

Justine se rapprocha du petit groupe et expliqua :

— Julien et Rose lui ont rapporté des États un petit sac en cuirette rouge. Elle l'adore et le trimballe partout. Elle y traîne sa pompe au cas où une crise surviendrait, et aussi des sous pour s'acheter des bonbons.

Un coup de tonnerre éclata. Léo, qui dormait sur son père, s'éveilla en sursaut. Il se mit à pleurer et à réclamer sa mère. Quelques gouttes de pluie sonnèrent la fin du feu de camp. Arnaud entra à la course avec Léo, puis tout le monde suivit le père et le fils. Olivier confia ses garçons à Brigitte. Arnaud et lui se joignirent à Paul et Julien qui cherchaient Pénélope aux alentours de la maison en criant son prénom à répétition.

— Voyons donc ! Il faut la trouver ! s'impatienta Justine. Elle ne peut pas être allée bien loin en vingt minutes.

— Je veux la trouver ! pleurnicha Sue. Je ne veux pas qu'elle soit perdue !

— Toi, tu ne bouges pas d'ici ! clama Caroline, exaspérée. Ce sont les adultes qui chercheront Pénélope. Venez, les enfants, on va vous installer un film. Joël, tu peux t'en charger ? *Le roi Lion*, ça vous plairait ?

Caroline embrassa ses filles et expliqua aux autres enfants que les parents formeraient des équipes pour retrouver leur cousine.

— Votre rôle, c'est de rester avec mamie et Brigitte. Nous nous occuperons du reste. OK ?

De retour à la cuisine, elle ne put s'empêcher d'endosser sa veste de médecin. Même s'il ne s'agissait pas d'une maladie, l'affaire était urgente à ses yeux. Il fallait établir un plan d'action. Elle proposa qu'on appelle la police pour rapporter la disparition. Quelques-uns la regardèrent comme si elle s'affolait inutilement.

— Le temps presse ! Chaque minute compte ! insista-t-elle avec assurance. Plus on attend, plus les chances diminuent pour retrouver un enfant en fugue ou enlevé.

Les gars revinrent bredouilles de leur tournée du voisinage. Le tonnerre cogna plusieurs fois et la pluie augmenta progressivement. Les yeux pleins d'eau, Justine demanda s'il fallait prévenir Rose.

— Non, non ! hurla presque Julien. Elle va paniquer ! Oublie ça, Justine, ce n'est pas une bonne idée.

— Reste poli, mon garçon ! rétorqua Pierre. On essaie de t'aider.

— De toute façon, Rose avait un rendez-vous ce soir ! dit Mylène d'une voix déterminée.

— Occupe-toi de tes affaires ! cria Julien. Ce sujet ne te concerne absolument pas !

Si quelqu'un se questionnait sur la relation qu'entretenait Julien avec Mylène, il venait d'avoir sa réponse. La fille s'éclipsa de la cuisine et alla retrouver Isabelle, un peu plus loin.

— Ton frère est tellement nerveux ! Il est bête comme ses pieds en ce moment.

— Oublie ça, Mylène ! Julien s'affole actuellement. Il a perdu sa fille !

Paul et Olivier avisèrent Caroline qu'ils ratisseraient la plage vers l'ouest. Justine leur prêta de gros imperméables.

Pierre, Thomas et Arnaud suivirent ; ils chercheraient vers l'est. Mylène revint et fit part à Pierre de son désir de se joindre à son groupe.

— Oui, oui, pas de problème !

Elle demanda un sac-poubelle à Justine pour se couvrir. Celle-ci lui répondit sèchement :

— Troisième tiroir à gauche, près de la cuisinière.

Piteuse, Simone raconta à Justine que Pénélope s'était disputée avec Jules et Mathéo.

— Elle voulait jouer au soccer, elle aussi ! Les gars ont refusé. C'est peut-être pour ça qu'elle est partie, hein, mamie ?

— Mamie ne sait pas, ma chérie. Viens me coller un peu dans la berceuse.

Après s'être recroquevillée contre sa grand-mère, la petite continua à réfléchir. Elle leva la tête et déclara :

— On va parler de la dispute à la police, hein, mamie ?

Quelques minutes plus tard, deux policiers se présentèrent à l'Auberge Inn. Dehors, ils firent le tour de la maison tout en discutant au téléphone avec des confrères. Par la suite, à l'intérieur, Caroline, Joël et Julien répondirent à leurs questions.

Les gyrophares allumés et la vitesse avec laquelle les voitures de patrouille étaient entrées dans la cour les avaient tous sonnés. Ils prenaient conscience que le problème était vraiment sérieux. Julien fournit l'adresse de leur maison, à Rose et lui, avenue des Érables. Aussitôt, une policière décida de lancer une recherche intensive dans le chemin Saint-Louis, qui se situait entre l'Auberge Inn et la maison.

— Où est la mère de la petite ? demanda froidement un policier.

— Ma femme est peut-être sortie... Je n'en sais rien.

— Ah ! Je vois ! Elle n'a pas assisté à cette fête ?

— Non. Exceptionnellement, cette année, elle n'est pas venue, répondit Julien qui se sentit le plus malheureux des hommes.

— Êtes-vous séparés, votre femme et vous ? s'informa l'agent en baissant le ton.

— Euh... oui et non...

— La petite pourrait-elle être allée chez sa mère ?

— En théorie, oui. Mais... c'est pratiquement impossible !

— Connaît-elle le chemin, oui ou non ? insista le policier d'une voix autoritaire.

— Pénélope n'a que cinq ans et demi, bafouilla Julien. Je crois qu'elle le connaît, mais...

— Bon ! Allons-y ! décida le policier en se levant. Vous m'accompagnerez en voiture. Ma collègue restera en faction auprès de votre famille pour assurer la liaison avec les effectifs de recherche.

La pluie tombait dru, des rafales de vent fracassaient les branches des arbres. Justine ferma toutes les fenêtres. Elle résolut ensuite d'aller rejoindre Isabelle et Brigitte qui surveillaient les enfants au salon. Plusieurs étaient déjà en pyjama, et certains dormaient sur le tapis ou le canapé.

En pénétrant dans la pièce, elle fut frappée par la lumière mordorée venant des lampes. Elle pensa aux saisons fraîches, aux longues soirées de *cocooning* sans inquiétude particulière. Les enfants la sortirent de sa rêverie.

À moitié endormie, couchée sur le ventre, tout ébouriffée, Sao May leva la tête. Elle s'empressa de demander si Pénélope était revenue.

— Pas encore, ma chouette. Il faut penser très fort à elle en ce moment, d'accord ? Tu peux dormir en attendant…

— Elle sera vraiment mouillée et elle s'enrhumera, déclara Mathéo.

— Peut-être… On ne sait pas, mon beau.

— Je m'ennuie de Pénélope, murmura Simone.

La petite veillait elle aussi. Ne voulant pas rater le retour de sa cousine, elle luttait contre le sommeil.

La stratégie pour retrouver la fugueuse était mise en place. La thèse de l'enlèvement étant pratiquement écartée, les médias de Québec annonceraient la disparition de l'enfant sur les chaînes radiophoniques locales.

Dans le chemin Saint-Louis, Pénélope marchait. Elle rongeait son frein en monologuant à voix basse pour se donner du courage :

— La fête chez mamie et papi achève et je veux dormir chez ma maman. Je ne veux plus voir Mylène et je me suis disputée avec Mathéo. Il n'est pas gentil. Je vais m'ennuyer de mon papa, et papa va s'ennuyer de moi, mais je ne veux plus jamais voir Mylène.

« Il commence à pleuvoir. Je vais mouiller ma robe. Ce n'est pas grave, car j'en ai d'autres chez maman. Je m'ennuie de ma maman. J'espère qu'elle ne sera pas fâchée parce que je me suis enfuie pendant la fête. Je suis capable de marcher jusqu'à ma maison…

« Oh ! Le tonnerre ! Non, je n'ai pas peur ! Je suis déjà sortie dehors avec papa et maman pour regarder un orage sur le lac. C'était tellement beau ! Comme dans mon livre d'histoires chez papa : un gros orage bruyant.

« Il pleut trop maintenant. Je vais me cacher dans le parc. J'aimerais que Simone soit avec moi, mais elle est trop petite pour marcher autant. En plus, elle a peut-être peur du tonnerre. Moi, j'ai cinq ans et demi et je n'ai pas peur. »

Au parc, recroquevillée sous un toboggan pour se protéger de la pluie, Pénélope regardait les éclairs qui zébraient le ciel. Reconnaissant le club vidéo de l'autre côté de la rue, elle fut rassurée. Bientôt, elle verrait le dépanneur situé près de chez sa maman.

Elle essuya son visage avec sa robe et boucha ses oreilles avec ses mains. Il pleuvait trop et elle avait envie de pleurer. «Je ne suis pas un bébé, se dit-elle. Je vais courir très vite quand la pluie s'arrêtera.»

Pendant ce temps, à Beaupré, en bas de la côte de la Miche, Maryse pensait qu'elle devrait peut-être s'arrêter au bord de la route. L'orage étant déchaîné, les essuie-glaces ne fournissaient pas. Bientôt, elle ne verrait plus rien.

«Je croyais avoir le temps de me rendre en ville avant la pluie, songea-t-elle. Depuis le matin que cet orage couve, il fallait bien s'attendre à ce qu'il éclate. Au moins, j'ai fini mon boulot. Quelle journée!»

Elle syntonisa un poste local à la radio pour écouter la météo. Amélioration ou détérioration vers Québec? Au bout de quelques minutes, elle entendit la nouvelle:

«À la suite d'une canicule de plusieurs jours, un orage s'abat actuellement sur Québec. Un front froid traverse la ville du nord au sud. Les vents soufflent à cinquante kilomètres à l'heure, avec des rafales pouvant atteindre cent kilomètres à l'heure. La pluie tombe à raison de plusieurs millimètres par minute. Des rigoles se forment le long des rues, ce qui occasionne des ennuis aux automobilistes.

« Pendant ce temps, une famille vit des heures d'angoisse à la suite de la disparition d'une enfant. Une petite fille de cinq ans aurait quitté la maison de ses grands-parents où avait lieu une fête. Des recherches ont été entreprises par la police de Québec, conjointement avec la famille. Toute personne détenant de l'information concernant cette disparition est priée d'appeler au numéro de téléphone suivant... »

L'annonceur décrivit la petite ainsi que son habillement :

« Cheveux droits, barrette à petit pois rouges, robe marine de type matelot et sandales rouges. Elle mesure environ un mètre vingt. Elle se serait perdue dans le secteur de Sainte-Foy, possiblement dans le chemin Saint-Louis. Les policiers privilégient la thèse de la fugue. La fillette se prénomme Pénélope. »

Maryse se mit à trembler.

— Pénélope ! Chemin Saint-Louis… Cinq ans… Mais c'est ma petite-fille !

Incapable de se calmer, Maryse gara son auto dans l'entrée d'un concessionnaire automobile à L'Ange-Gardien. Ensuite, elle se mit à prier à haute voix :

— Aide-moi, Seigneur ! Il faut qu'on retrouve cette enfant. Ton message est clair : je dois participer aux recherches de ma petite-fille et tout avouer à Rose. Je n'en peux plus d'être si tourmentée.

Un éclair et un coup de tonnerre lui répondirent. Elle les vit comme l'acquiescement du ciel.

— Vite ! Aide-moi, mon Dieu !

Malgré les rafales de vent et la pluie qui tombait abondamment, Maryse reprit sans hésiter la route vers Québec.

Dans la voiture du policier, Julien croyait voir sa princesse partout. Il se sentait tellement coupable. Pourquoi ne l'avait-il pas mieux surveillée ? Où avait-il la tête ? En fait, depuis le souper, il était étourdi par le cidre de glace sans doute plus concentré que ce qui était indiqué sur la bouteille. De plus, emmener Mylène à cette soirée n'était pas l'idée du siècle. Il était honteux en pensant à tout cela. Il tenta de joindre Rose avec le cellulaire de l'agent pour laisser le sien libre, au cas où quelqu'un appellerait.

Dans la rue des Érables, Rose entendit sonner le téléphone. Toutefois, elle décida de laisser le répondeur prendre le message. Ayant invité à souper son voisin, un chirurgien à la retraite, elle voulait préserver l'atmosphère de ce repas aux chandelles. Ce bel homme l'avait courtisée tout l'été. Ce soir, elle avait une occasion de montrer à Julien qu'elle ne l'attendait pas. Au fond d'elle-même, la jeune femme se savait en mode réaction. Jamais elle n'aurait imaginé que Julien aurait le front d'inviter sa maîtresse à l'Auberge Inn, de la présenter à toute sa famille! «Je peux au moins me payer du bon temps avec Jean-René, songea-t-elle. Même s'il n'est pas un jeunot, il est gentil et j'apprécie sa grande maturité.»

Des coups de tonnerre retentirent. Rose n'entendit pas sonner son cellulaire, oublié au fond de son sac à main. Elle courut fermer les fenêtres du côté nord-est, car la forte pluie commençait à s'infiltrer dans la maison.

Sur la plage, Olivier et Paul marchaient en direction ouest. Avec leurs lampes de poche et leurs imperméables identiques, ils ressemblaient aux personnages Dupond et Dupont des bandes dessinées de Hergé.

— Quelle merde! s'écria Paul. La petite a eu le temps de parcourir du chemin. Et cet orage! Elle doit crever de peur…

— Et ces vagues! ajouta Olivier. S'il fallait que… Et si on appelait à l'Auberge Inn?

Paul s'exécuta. Les garçons apprirent qu'un des policiers était parti avec Julien, alors que Joël et Caroline patrouillaient de leur côté.

Paul décrivit l'organisation à son frère.

— Maman, Brigitte et Isa sont restées à la maison pour prendre soin des enfants. Maman est dans tous ses états, mais elle réussit à le cacher devant les petits.

Un bruit sourd s'amplifia au-dessus de leurs têtes, comme un avion volant à basse altitude.

— Entends-tu, Paul ? s'enquit Olivier, de plus en plus inquiet. Qu'est-ce qui se passe ?

— Ce n'est que le train qui circule sur le tracel. Regarde là-haut… Ouf ! Tu m'as fait peur.

— Wow ! Je suis tellement émotif en ce moment… J'imagine un de mes deux garçons perdu et je sursaute au moindre bruit suspect.

— Voyons ! Jules et Mathéo sont en sécurité. Donne-moi ta lampe de poche ; la pile de la mienne est à plat.

À l'autre bout de la plage, Pierre marchait vite, même s'il flottait dans ses bottes de caoutchouc. Il criait le prénom de sa petite-fille, l'imaginant tapie dans un des sous-bois bordant la plage. Mylène le suivait comme une sangsue. Elle pleurait par moments. Elle lui raconta à quel point elle avait senti la nervosité de Julien, notamment lorsqu'il s'était montré agressif à son endroit. Mais elle ne lui en voulait pas.

— Pénélope, c'est toute sa vie ! dit-elle, réussissant à toucher le grand-père d'une façon imprévue.

Pierre se sentait penaud en ce moment. Insidieusement, il s'était laissé prendre au jeu de la séduction avec Mylène, à cette joute immature de masculin-féminin. Qu'est-ce qui lui avait pris ? Il regrettait amèrement son comportement puéril. Il espérait surtout ne pas avoir blessé trop profondément Justine, sa femme si sensible qu'il aimait de tout son cœur. Est-ce qu'elle lui pardonnerait son étourderie ?

Un peu plus loin sur la plage, Thomas et Arnaud l'appelèrent. Thomas venait de mettre le pied sur une petite pochette en tissu, un porte-monnaie turquoise. Pierre téléphona immédiatement à Justine.

— De quelle couleur est le porte-monnaie de Pénélope ? Nous venons d'en trouver un en tissu bleu.

— Le sac de Pénélope est rouge et en cuirette.

— Dommage ! répondit piteusement Pierre.

De toutes ses forces, Arnaud lança le porte-monnaie bleu dans le fleuve. Dépitée, l'équipe reprit les recherches ; elle se dirigea vers les ponts.

La pluie ayant diminué un peu, Pénélope se remit en marche. À chaque pas, elle reniflait en pleurant. Les pieds trempés, la robe dégoulinante, à tout moment, elle pataugeait dans une rigole.

— Maman, maman, j'ai tellement hâte de te voir ! chuchota-t-elle. Papa, viens me trouver. Venez me chercher, tous les deux… Papi, mamie, venez me rejoindre… Même si je suis trop fatiguée et trop mouillée, je dois être courageuse. Mes parents me disent toujours qu'il faut terminer ce qu'on a commencé. Mais c'est si difficile !

Chapitre 12

Arrivée rapidement en ville par l'autoroute Robert-Bourassa, Maryse priait pour que sa voiture tienne le coup et que le moteur n'étouffe pas à cause de toute cette humidité. En descendant l'avenue des Gouverneurs, elle était convaincue qu'elle devait aller jusqu'au bout. Elle se rendrait au dépanneur au coin du chemin Saint-Louis pour appeler Rose. « Pourvu que je la joigne », pensa-t-elle.

Maryse frissonna. Dernièrement, elle était passée souvent devant la maison de sa fille. Pourquoi n'avait-t-elle pas osé lui apprendre qu'elle était sa mère ? Elle se doutait de la raison. Probablement qu'avant ce soir la peur la paralysait. Peur de bouleverser sa vie – cette belle vie gagnée si chèrement. Peur de chambouler ses émotions et celles de Rose. Peur que son mari n'accepte pas sa décision. Peur d'être jugée par ses amis – même par Justine.

Mais voilà que, maintenant, elle savait. Elle savait enfin ce qu'elle devait faire. Ce qu'elle devait dire. Elle annoncerait simplement : « Rose, je suis ta mère. » C'est tout ! Et advienne que pourra !

À vingt et une heures, patrouillant toujours avec le policier dans le chemin Saint-Louis, Julien laissa de nouveau un message sur les deux téléphones de Rose. Où pouvait-elle bien être, bon Dieu ? Depuis la première crise d'asthme de Pénélope, Rose n'avait jamais fermé son cellulaire. Au contraire, elle paniquait lorsqu'il lui fallait se priver de l'appareil pour le recharger.

Déjà une heure qu'il avait perdu sa princesse... Son cerveau tournait à une vitesse vertigineuse. Qu'est-ce qu'il donnerait pour revenir en arrière et danser le « ya ya » avec elle ! Il ne la laisserait plus jamais s'échapper comme ça ! Jamais ! « Mon Dieu, faites qu'elle soit seulement perdue, pas enlevée... Non, non ! Je dois éviter de penser à ça ; sinon je deviendrai fou. Je dois rester positif. D'ailleurs, les policiers ne croient pas à l'enlèvement. »

Néanmoins, Julien fondit en larmes tout en regardant partout et en écoutant scrupuleusement les informations continuelles dans la voiture.

À la maison de la rue des Érables, Rose s'apprêtait à servir le dessert lorsqu'elle entendit sonner le cellulaire dans son sac à main. Déposant les pâtisseries, elle courut chercher l'appareil en expliquant à son compagnon :

— On ne sait jamais, Pénélope peut avoir une crise d'asthme. Dans ce cas, Julien essaierait de me joindre. Excuse-moi, ce ne sera pas long.

Après avoir écouté le message de Julien, Rose paniqua :

— Jean-René, ma fille a disparu ! C'est épouvantable !

— Ton ex aurait perdu Pénélope ?

— Julien n'est pas encore mon ex…

Lorsqu'il s'agissait de Pénélope, Rose refusait d'évincer Julien de sa vie. C'était tellement un bon père ! Elle avait confiance en lui et savait qu'actuellement il était dans tous ses états et malheureux comme les pierres.

Quelques secondes plus tard, Rose l'appela. Elle le rassura :

— Ensemble, nous la retrouverons. Ensemble, Julien ! Oui, viens me chercher !

Dans le temps de le dire, la voiture de police entra dans la cour de la résidence de Rose et Julien. Accompagnée de Jean-René, Rose sortit en courant. Les deux s'installèrent à l'arrière de la voiture. Rose mit sa main sur l'épaule de Julien et demanda ce qui s'était passé. Julien ressentit un soulagement en lui exposant les faits. Elle ne semblait pas lui en vouloir. Le policier interrompit sèchement leur conversation. Il ordonna à Rose d'attacher sa ceinture et d'exercer une surveillance étroite de chaque côté de la rue.

— Désolée, monsieur l'agent, dit Rose. Je suis complètement terrorisée ; c'est pourquoi j'ai oublié de boucler ma ceinture.

— Ça va, je comprends ! répondit l'autre plus doucement.

À l'Auberge Inn, presque tous les enfants dormaient. Justine se sentait enfermée dans un carcan. Elle souffrait de tensions musculaires récalcitrantes. Les comprimés de Tylenol avalés plus tôt ne lui avaient apporté aucun soulagement. Elle connaissait bien les signes traduisant une anxiété plus grande que d'habitude. En vieillissant, la résistance diminuait et le corps était plus vulnérable.

Brigitte et Isabelle berçaient les petits qui n'avaient pas encore trouvé le sommeil. Toutefois, depuis une quinzaine de minutes, le calme régnait. On aurait dit une maisonnée normale. Seuls les regards tourmentés et les chuchotements entre les femmes témoignaient du drame en cours.

— S'il fallait…, lâcha soudain Isabelle.

— Restons positives ! dit Brigitte. Ce n'est qu'une fugue.

— Une fugue, ce n'est pas rien ! cracha Isabelle, découragée.

— Ayez confiance ! murmura la policière en faction. Mes confrères la retrouveront. Plus de huit voitures sont parties à sa recherche…

Il pleuvait moins, alors Justine décida de refaire le tour de la maison. Elle enfila ses bottes et s'empara d'une lampe de poche.

Vers vingt et une heures, épuisée et trempée, Pénélope arriva dans la cour du dépanneur. Connaissant les lieux, elle se dirigea directement vers les toilettes. Celles-ci étant à l'extérieur, le commis ne se rendit pas compte qu'une petite fille à l'allure défraîchie venait de traverser le côté ouest du grand stationnement. Il vit plutôt une voiture bleue se garer juste en face et une femme se servir d'un cellulaire.

Déçue de ne pas avoir réussi à joindre Rose, Maryse descendit de son véhicule pour se délier les jambes et examiner les alentours. C'est à ce moment que Pénélope sortit des toilettes. Le cœur de Maryse fit trois tours. Elle s'approcha doucement et s'adressa à l'enfant :

— Allô ! Comment vas-tu ?

La fillette ne répondit pas, mais planta son regard dans le sien. Maryse reconnut tout de suite les yeux indigo de Rose, qui lui rappelaient ses propres yeux. Pénélope marcha vers la rue pour prendre le chemin conduisant à sa maison. Ses parents lui avaient souvent répété de ne pas parler aux inconnus.

Maryse la suivit et osa :

— Pénélope ! C'est ton prénom, n'est-ce pas ? Et ta maman s'appelle Rose, c'est ça ?

La petite se retourna et la fixa intensément :

— Qui es-tu ? Pourquoi tu me connais ?

— Je suis ta grand-maman, la maman de Rose...

— Laisse-moi tranquille ! Je ne t'ai jamais vue ! Et ma mamie s'appelle Justine.

— Je sais, répliqua Maryse en souriant. Et ton papa s'appelle Julien, et ton papi se nomme Pierre. Est-ce que tu sais que tout le monde te cherche, ma chérie ?

Ne comprenant plus ce qui se passait, Pénélope figea sur place. Tentant de capter l'attention de l'enfant, Maryse s'assit à l'indienne. Elle n'avait absolument pas conscience d'être installée sur l'asphalte mouillé.

— Si tu veux bien, nous allons téléphoner à Rose ensemble.

Pénélope ne bougea pas.

Observant ce qui se passait dehors, le commis remarqua que la petite était effrayée et ne semblait pas vouloir accompagner la dame. Scrutant l'enfant trempée, il comprit qu'elle correspondait parfaitement à la description entendue à la radio quelques instants plus tôt. Il décida de prévenir les autorités. Deux minutes plus tard, il vit arriver en trombe une voiture de police. Il fut alors témoin d'une scène touchante.

Rose et Julien jaillirent de l'auto de patrouille. Ils se jetèrent sur leur fille en criant et en pleurant.

— Pénélope, mon amour !

— Maman !

— Pénélope !

— Papa, je voulais aller chez maman.

— Oui, je sais ! répondit Julien. On t'avait perdue… Nous avons eu tellement peur, ma chérie.

— Moi aussi, j'ai eu peur, papa ! Et ma belle robe est toute mouillée… Es-tu fâchée, maman ?

Toujours assise par terre quelques mètres plus loin, Maryse pleurait sans arrêt, pratiquement en état de choc. Le policier l'invita à se relever, mais elle ne réagit pas. Soudain, Rose se tourna et la vit.

— Maryse, c'est bien toi ? Mais… qu'est-ce que tu…

— Rose… Rose…, hoqueta Maryse. Je suis…

Rose laissa sa fille dans les bras de Julien et alla rejoindre Maryse.

— Oh là là ! Tu es toute trempée. Qu'est-ce qui t'arrive ? Et que fais-tu ici ?

Le policier et Rose aidèrent Maryse à se lever. Celle-ci tomba dans les bras de Rose et recommença à pleurer de plus belle. Entre deux reniflements, elle tenta d'expliquer :

— Je revenais de Saint-Tite-des-Caps quand j'ai entendu la nouvelle de la disparition à la radio. Pénélope, cinq ans et demi, une famille de Sainte-Foy au désespoir… Je n'en pouvais plus, Rose ! J'ai cru devenir folle. Il fallait qu'on la retrouve… Et maintenant, je dois te dire la vérité !

— Quelle vérité, Maryse ? Qu'est-ce qui se passe ? s'enquit Rose, les yeux écarquillés.

— Rose, ma chérie, je suis ta mère ! Ta mère biologique que tu cherches depuis si longtemps…

— Quoi ? Comment ? Tu es… Tu es ma… Suis-je en train de rêver ? marmonna Rose en regardant Julien et Pénélope qui s'étaient rapprochés.

— Oui, oui, Rose ! Tu es ma fille… Je t'ai menti l'autre jour sur la date de naissance de mon enfant. J'avais trop peur !

— Peur de quoi ? s'écria Rose, abasourdie.

En essuyant ses larmes, Maryse répondit :

— Peur de ton jugement, peur des bouleversements, peur de… Je t'expliquerai plus tard.

Pénélope prit la main de Rose et murmura :

— Maman, cette dame a dit qu'elle était ma grand-maman. C'est vrai ?

Dévisageant Maryse et Pénélope à tour de rôle, Rose ne put se retenir plus longtemps. Elle fondit en larmes à son tour. Julien prit sa fille et serra Rose et sa nouvelle belle-mère dans ses bras. Sonné par toutes ces émotions fortes, il prit part à la vague de sanglots qui déferlaient dans le stationnement.

Caroline et Joël, patrouillant dans les environs, les rejoignirent ainsi que trois autres voitures de police. Tous entourèrent les parents et la rescapée. Caroline téléphona aussitôt à l'Auberge Inn pour annoncer la bonne nouvelle. Ensuite, Justine appela Pierre :

— Chéri, ça y est ! Maryse a retrouvé Pénélope. Elle avait marché jusqu'au dépanneur dans le chemin Saint-Louis. Julien et Rose sont avec elle. Tu peux revenir à la maison ; je t'attends.

Ouf ! Pierre était vraiment soulagé. Sa petite chouette était saine et sauve dans les bras de ses deux parents. Justine lui avait aussi parlé de Maryse. Elle avait dû se tromper de prénom. Qu'est-ce que Maryse venait faire dans cette histoire ?

Olivier reçut l'appel de Justine à son tour. Après avoir raccroché, il hurla à son frère :

— Pénélope a été retrouvée !

— Veux-tu bien me dire où elle se cachait ? s'enquit Paul.

— Elle se trouvait dans le chemin Saint-Louis ! répondit Olivier. Mais Julien et Rose s'en viennent à l'Auberge Inn. On en saura plus bientôt.

Les deux frangins regagnèrent rapidement la résidence familiale. Ils se mirent à crier comme des ados :

— Yé ! Yé !

— Yé ! Yé !

Après l'orage, un vent du nord-est souffla, dégageant l'air de son humidité. Une chute drastique de température s'abattit sur la région. Trempés, tous les marcheurs en seraient quittes pour un bon rhume.

Quant à Mylène, elle grelottait de froid et d'émotion. Elle répéta à quelques reprises que, dès qu'ils arriveraient dans le chemin Saint-Louis, elle appellerait un taxi et filerait chez elle. Victime des événements, elle comprenait que sa place n'était plus à l'Auberge Inn. Pierre et Arnaud trouvèrent qu'elle était perspicace. Ils la remercièrent d'avoir participé aux recherches.

Quelques minutes plus tard, un véritable cortège de voitures pénétra dans la cour de l'Auberge Inn. Sous les regards ébahis et les applaudissements des petits et des grands qui attendaient sur la galerie, Rose, Julien et Pénélope entrèrent dans la maison en se tenant par la taille. Ils ne se lâchaient plus…

Lorsque Maryse débarqua à son tour, Justine ne comprit pas la raison de sa présence. Elle s'approcha de l'auto de son amie.

— Allô, Maryse ! Qu'est-ce que tu fais là ? Mon Dieu, tu es toute mouillée. Entre vite te sécher ! On vient de vivre tout un drame dans notre famille… Tu ne peux pas imaginer !

— Je sais ! répliqua son amie en baissant les yeux, gênée.

— Comment ça ? Que se passe-t-il, Maryse ?

— J'étais au dépanneur, Justine. C'est moi qui ai retrouvé Pénélope. J'ai un aveu à te faire…

— Quel aveu ?

— Justine, je suis la mère biologique de Rose, annonça-t-elle en levant la tête, les yeux remplis de fierté.

— Tu es la mère de Rose ! s'écria Justine qui se rappela alors les soupçons qu'elle avait eus dans le commerce de traiteur.

Maryse s'approcha de sa compagne et lui saisit les deux mains :

— Justine, écoute-moi et essaie de ne pas trop me juger. Quand vous êtes venues à ma boutique, Rose et toi, j'ai tout compris. Ça m'a complètement perturbée. J'ai eu peur du jugement de Rose parce que je l'avais abandonnée à sa naissance. J'ai figé… Ce n'est que ce soir que j'ai pris la décision de dire la vérité, après avoir entendu la nouvelle de la disparition de Pénélope à la radio. Ma petite-fille était perdue… Ça m'a saisie. J'ai décidé de participer aux recherches.

Justine la prit dans ses bras et la serra très fort.

— Comme le monde est petit ! C'est un miracle ! Je suis tellement heureuse pour vous deux.

Les membres de la famille, réunis sur la galerie, les regardèrent s'enlacer avec tendresse.

Après les douches chaudes des hommes, après le long bain de Pénélope entourée de ses cousins et cousines, ils se retrouvèrent tous autour de la table à manger des toasts. Pierre alluma ensuite le foyer dans le salon. Pénélope s'endormit dans les bras de Rose, qui s'assoupit à son tour collée contre Julien. Près d'eux, Maryse les contemplait et leur flattait les cheveux.

Olivier et Paul jouèrent une partie de cartes avec Jules, Mathéo, Gabriel et Antoine. Ils étaient tous trop excités pour se reposer. Plusieurs adultes placotaient à voix basse pendant que Béatrice pianotait et que quelques petites filles chantonnaient.

Brigitte, qui se préparait à partir, demanda soudainement où se trouvaient Pierre et Justine.

— Ils discutent dans les marches de l'escalier, l'informa Isabelle. On dirait qu'ils en ont long à se raconter !

Effectivement, le couple échangeait depuis une vingtaine de minutes. Au cours de la discussion, Justine avait fini par accepter les excuses de Pierre. Se sentant elle-même coupable d'avoir un jardin secret – ses examens médicaux –, elle réalisait que Pierre avait taquiné Mylène pour dissimuler un malaise. De son propre aveu, il se sentait moins proche d'elle ces derniers temps. Il la trouvait même mystérieuse.

— Dis-moi, chérie, est-ce qu'il y a quelque chose qui ne va pas ? Il me semble que tu es triste, parfois... Tu ne me caches rien, j'espère ?

Justine sursauta.

— Non, Pierre ! Tout va bien ! Qu'est-ce que tu t'imagines ? J'ai bien assez des histoires d'Oli, de Paul et de Julien sans en rajouter.

Ainsi se termina une conversation durant laquelle Justine avait été incapable, encore une fois, de mettre son mari au courant de son possible problème de santé. « Rien ne presse ! » pensa-t-elle. Bientôt, elle saurait et raconterait ses inquiétudes à son homme. Ils descendirent ensemble l'escalier, le bras de Pierre passé autour du cou de sa blonde.

Ce n'est que vers minuit que l'Auberge Inn se vida et que les autos démarrèrent. Après s'être assurés que les tisons du foyer ne représentaient aucun danger et que les lumières étaient éteintes partout, Pierre et Justine tombèrent comme des roches. À peine eurent-ils le temps de se souhaiter bonne nuit et de se donner un court baiser. L'air frais entrait par la fenêtre et transportait tantôt des odeurs de fumée et de toasts brûlés, tantôt des relents de vin ou de bière oubliés sur une table. La maison était un vaste foutoir. Ils en auraient pour des heures à nettoyer le lendemain, et pour des jours à commenter le *party*, la fugue, les retrouvailles et leur discussion.

Chapitre 13

— Mon nom est Chloé et je suis alcoolique. J'ai commencé à boire à l'âge de seize ans – plus précisément quelques mois après la mort de ma mère. Je vous explique. Je suis fille unique et mes parents étaient séparés. Quand maman a reçu son diagnostic de cancer, j'ai manipulé mon père pour qu'il revienne à la maison. Croyez-le ou non, ça a marché ! On est redevenus une vraie famille. Mon père et moi avons soigné ma mère jusqu'à la fin. Une infirmière privée prêtée par le CLSC venait nous aider. C'était en 1989, il y a dix-neuf ans. C'est sûr qu'à cette époque-là je ne buvais pas encore.

Olivier écarquilla les yeux. Il n'en revenait pas. Était-ce la Chloé de la patiente de sa mère ? Celle à qui Justine avait fourni des services privés ? Dans les derniers jours, elle la veillait même la nuit. Des histoires comme ça, il y en avait sûrement eu d'autres… Mais à Québec en 1989, il n'y avait probablement pas beaucoup d'ados prénommées Chloé et dont la mère était cancéreuse…

« Il faut que je parle de ça à maman », pensa Olivier. À cette époque, j'avais quel âge ? Treize ou quatorze ans ? J'avais trouvé l'histoire tellement triste. Brigitte, Paul et moi, nous n'arrêtions pas d'achaler maman pour qu'elle nous parle de sa patiente. C'était dans le temps des fêtes, si je m'en souviens bien. »

Depuis qu'il était sorti de thérapie, Olivier assistait régulièrement à des réunions des Alcooliques anonymes. Il aimait bien ce groupe qui se réunissait le mardi soir dans le sous-sol d'une église au toit en forme de pyramide. Des jeunes et des moins jeunes y racontaient leur expérience avec l'alcool et leur apprentissage de la sobriété.

Chloé était un membre de son groupe d'âge, et son histoire intéressait Olivier au plus haut point. Cette fille exerçait de l'attrait sur lui. Bien sûr, elle était jolie avec ses cheveux noirs et ses yeux bleus, mais surtout elle dégageait un bien-être enviable. Olivier voulait accumuler des mois de sobriété sans trouver la vie fade. Il désirait une qualité de vie tout en restant sobre. Il s'intéressait donc particulièrement à ceux qui avaient l'air épanoui, qui étaient joyeux et qui ne niaient pas leur problème.

De plus, il vivait une séparation et avait encore de la difficulté à assimiler le branle-bas de combat occasionné par ce changement. Déménagement à prévoir, arrangements à prendre pour la garde de Jules et Mathéo, longues soirées à vivre dans la solitude – autant d'éléments qui faisaient tourner le hamster dans sa tête et le perturbaient. Il avait parfois tendance à s'apitoyer sur son sort. Et la culpabilité revenait souvent le hanter...

En ce sens, les réunions lui apportaient beaucoup de réconfort. Il rencontrait des membres des Alcooliques anonymes pour échanger. Plusieurs avaient vécu des séparations et des problèmes de solitude. Un jour, il sortirait lui aussi de ce cauchemar. En attendant, il devait garder confiance.

Assis dans la deuxième rangée dans la salle, il écoutait attentivement cette Chloé qui semblait avoir dépassé le stade de l'analyse et des problèmes. Bien humblement, elle se racontait pour aider d'autres personnes à cheminer vers un avenir meilleur. Arrêter l'alcool était une chose; être heureux en était une autre.

— Je vous l'ai dit tout à l'heure: j'étais capable de manipuler les autres pour obtenir ce que je voulais. À cette époque, je cherchais à sauver ma mère! Plus tard, j'ai bûché pour remplir la promesse que je lui avais faite sur son lit de mort. Comme elle n'avait pas de diplômes, elle désirait que je réussisse à sa place. Elle m'avait suggéré de devenir médecin, me disant qu'elle serait tellement fière de moi du haut de son ciel.

«Comme elle, je suis quelqu'un qui ne fait pas les choses à moitié. Ma mère était entière! Une passionnée! Je le suis moi aussi. À l'âge de vingt ans, je n'avais pas encore appris à être moi-même. Ma motivation première était de plaire à ma mère décédée depuis cinq ans. Vous vous en doutez, je me suis lancée en ligne droite vers la médecine. Sans me questionner. Seulement, je n'aimais pas ça! J'étais malheureuse. Je ne suis pas une scientifique, ni une «bolée». Je suis quelqu'un qui a besoin d'être sur le terrain. Je trouve mon accomplissement auprès des personnes de n'importe quel âge, de n'importe quel milieu. À vingt ans, je me cherchais. Alors, pour réussir mes examens, je buvais ou je prenais des amphétamines. Je trouvais la vie tellement ennuyante sans ces expédients.

«J'ai bu jusqu'à l'âge de trente ans. J'étais souvent sur le *party* ! Malheureusement, la maladie est progressive ; je buvais donc de plus en plus. Je ne sais pas comment j'ai fait, mais… Après avoir lâché la médecine, j'ai réussi un cours en santé communautaire. J'adore mon travail. Je remercie mon Être suprême de m'avoir aidée. Il m'a protégée.

« Pour finir, j'ai vécu une grossesse en 2000. Le père de mon enfant est disparu dans la brume. Enceinte, j'étais incapable d'arrêter de boire et je culpabilisais sans arrêt. Au bout de dix semaines, refusant l'avortement, je suis entrée en thérapie. À la fin, je pleurais tout le temps, je buvais tout le temps… J'étais à bout.

« En thérapie, j'ai vécu le pire et le meilleur moment de ma vie. Le pire a été de prendre conscience que ma vie était devenue un vrai gâchis. Je trichais, je mentais, je manipulais et je buvais. Le meilleur moment a été d'arrêter de boire et de vous connaître. Vous m'avez enseigné à croire en la vie un jour à la fois. Vous m'avez appris un nouveau mode de vie. J'ai changé d'attitude. Cependant, je dois rester vigilante. Je reste vulnérable face à l'alcool et à toute substance pouvant altérer mon comportement. Je suis sobre depuis ce temps grâce à Dieu, à mes efforts et à ma fréquentation assidue des réunions des AA.

« Aujourd'hui, je travaille et j'élève ma fille qui aura bientôt huit ans. Marilou est mon véritable cadeau de sobriété. Pour ce qui est de l'âme sœur, je ne l'ai pas croisée encore ! C'est probablement mieux ainsi, car j'ignore si je suis assez solide pour vivre une relation équilibrée. Cependant, là-dessus, j'ai lâché prise. Un jour, la vie me présentera le bon gars. En tout cas, j'ai mis mon nom sur une liste d'attente. J'espère que mon Dieu ne m'oubliera pas ! »

Dans la salle, les gens rirent. Chloé termina son partage :

— Merci à vous ! Je peux dire que j'ai maintenant une vie heureuse, entière et utile. Ne lâchons pas ; ensemble, nous sommes plus forts. Je vous souhaite à tous des beaux vingt-quatre heures de sobriété. Merci de m'avoir écoutée. Mon nom est Chloé et je suis alcoolique.

La salle applaudit la jeune femme. Ensuite, l'animateur annonça une pause. Pendant que les gens remerciaient l'un après l'autre Chloé, Olivier sortit de la salle. Il avait hâte de savoir si cette fille était bien celle à qui il pensait. Il appela aussitôt sa mère.

Justine revenait d'une longue marche avec Pierre. Le voyage à Compostelle approchait et le couple s'entraînait assidûment. En ce début d'automne, la température se prêtait à merveille à l'exercice.

— Salut, *mom*, ça va bien ?

— Oui ! Et toi, mon chéri ?

— Je tiens le coup, *mom* ! Un mois déjà.

Justine était ravie d'entendre son fils au téléphone. Olivier avait l'air en pleine forme. Elle trouvait même que sa voix était plus limpide que cet été.

— Je suis tellement contente pour toi, tu ne peux pas savoir !

— Votre voyage approche. C'est quand le départ, déjà ?

— On part dans quinze jours, le 20 septembre en soirée. J'avoue que ça m'énerve un peu, mais on est bien préparés.

— As-tu des nouvelles de Pénélope ?

— Pour ce que j'en sais, tout allait bien.

— Petite peste ! Elle nous a fait toute une peur ! *Mom*… Je t'appelle parce que j'aimerais vérifier une info. Te rappelles-tu la femme que tu veillais jour et nuit en 1989 ? Tu avais été prêtée par le CLSC…

— Oh ! J'en ai eu pas mal, des services privés.

— Vous étiez devenues des amies, je crois.

Justine ne voyait pas de qui il parlait. Elle demanda à son fils de lui donner d'autres détails. Avant de devenir responsable des soins à domicile, Justine visitait des bénéficiaires chez eux. À cette époque, il lui arrivait de suivre des patients de plus près, à la demande des familles.

Olivier la ramena dans le temps :

— Tu venais de rencontrer Pierre. Papa et toi étiez séparés depuis deux ou trois ans. Brigitte n'arrêtait pas de nous parler de ta patiente en phase terminale qui avait une fille du même âge qu'elle… Cette dame est morte dans le temps des fêtes, il me semble.

— Tu parles de Louise ? Oui, je me souviens d'elle ! C'est l'année que ton père a eu son accident de bateau dans les Caraïbes.

— Je ne pensais pas que c'était la même année que l'accident de papa. Mais Pierre était déjà dans le décor. Comment s'appelait la fille de Louise, *mom* ?

— Oh ! Elle avait un prénom court… Attends…

— Serait-ce Chloé ?

— Oui, c'est ça ! Comme tu l'as mentionné, elle avait le même âge que Brigitte. Mais pourquoi toutes ces questions ? C'est loin, cette histoire-là ! Ça fait dix-neuf ans… Dis donc, où es-tu en ce moment ?

— Présentement, j'assiste à une réunion des AA. Je suis sorti dans la cour quelques minutes pour te téléphoner. La fille qui a témoigné ce soir s'appelle Chloé. Tu sais peut-être qu'une personne partage son vécu lors de chaque rencontre. Et cette fille… Plus elle racontait son histoire, plus j'avais l'impression de la connaître, et ce, même si je ne l'avais jamais vue. Oh *mom* !

C'est top secret. Oublie ce que je t'ai dit, d'accord ? Je dois y aller. Je te rappellerai plus tard. Merci beaucoup, maman. Je n'en reviens pas !

— Le monde est petit… Embrasse tes garçons pour moi !

— Jules et Mathéo sont avec Marie-Hélène jusqu'à vendredi.

— Ah bon ! Donne-moi des nouvelles bientôt, OK ?

— J'y vais, *mom* ! Bisous et… merci encore !

Surprise, Justine reposa lentement le combiné. Eh bien ! Elle songea à la belle et généreuse Chloé qui avait perdu sa maman en pleine adolescence. La jeune fille était toujours habillée en noir. Dix-neuf ans plus tard, elle était dans les AA…

— Qui vient de téléphoner ? demanda Pierre. Tu as l'air bizarre, ma chérie. Rien de grave, j'espère ?

— Oli m'a ramenée des années en arrière avec son histoire…

— Quelle histoire ?

— Imagine-toi donc qu'il a croisé la fille de Louise, ma patiente décédée d'un cancer il y a dix-neuf ans. C'est l'époque où nous nous sommes rencontrés, toi et moi. Mon ex était en voyage. Durant cette période, je prodiguais des services privés à Louise et…

— Oui, c'était à Noël 1989 ! Je ne pourrai jamais oublier ça, ma chérie. On avait même assisté ensemble aux funérailles de Louise.

— C'est vrai !

— Ça nous ramène loin, en effet ! On en a vécu, des affaires depuis ce temps-là.

— Ouf !

— Alors Oli aurait rencontré la fille de Louise ? À quel endroit ?

— Au cours d'une réunion des Alcooliques anonymes. Quand Chloé a raconté son cheminement, Oli a pensé que ça pouvait être elle. Il ne s'est pas trompé.

— Eh bien ! Mais c'est tout ?

— Oui, oui ! dit Justine, pensive. Il va essayer de jaser avec elle, je crois…

— Je garde de bons souvenirs de ce temps-là, glissa Pierre, un sourire au coin des lèvres. Nos premières amours… Bois-des-Hurons…

Ils se regardèrent en même temps. C'était toujours agréable de reparler de leur rencontre. Ils se taquinaient encore à ce sujet :

— Peureuse ! lui lança Pierre.

— Monsieur romantique ! répliqua Justine.

Sur ce, elle fila prendre un bain. Elle laissa celui qui était son amoureux depuis bientôt vingt ans se prélasser devant la télé.

À la réunion des AA, Olivier attendit que Chloé soit libre pour engager la conversation avec elle.

— As-tu une minute, Chloé ?

— J'ai tout mon temps. La copine avec qui je placote habituellement après les réunions est absente ce soir. Dis donc… Est-ce qu'on se connaît ? Es-tu un nouveau ?

— Si je me compare à toi, je suis un nouveau. J'assiste aux réunions depuis un mois seulement.

— Wow ! Un mois, c'est formidable ! Es-tu content d'être sobre ? Est-ce que ça va bien ?

— Je suis très content. Mais c'est tout un changement de vie.

Se préparant à partir, Chloé récupéra son sac à main et sa veste en jeans tout en jasant avec Olivier. Pendant ce temps, les gens quittaient peu à peu la salle. L'équipe de service rangeait la grosse cafetière, le lait et les biscuits. De bons samaritains avaient déjà empilé les chaises le long d'un mur.

— Tu voulais me parler d'un sujet en particulier ? s'informa Chloé.

— En fait, je voulais te raconter quelque chose de spécial. On ne se connaît pas, mais… Aurais-tu le temps de boire un café ? On pourrait aller juste à côté ; il y a un petit resto.

Chloé était intriguée. Elle se demandait ce qu'il entendait par « quelque chose de spécial ». Était-ce un argument pour la *cruiser* ? Était-il aussi sincère et spontané qu'il en avait l'air ? Ou encore voulait-il vérifier s'il n'était pas la fameuse âme sœur attendue ? Mais ce nouveau membre des AA voulait peut-être simplement savoir comment elle réussissait à rester sobre depuis huit ans ?

Après avoir salué quelques amis, elle décida d'accepter son invitation. Ça lui permettrait de satisfaire sa curiosité et de décompresser. La gardienne s'occupait de Marilou à la maison et, pour le moment, elle n'avait aucune envie de retrouver sa routine.

Au resto, d'entrée de jeu, Olivier lui demanda s'il pouvait lui poser quelques questions. Gardant au fond d'elle-même un brin de méfiance, Chloé accepta. Olivier fonça :

— Ta mère s'appelait-elle Louise ?

Surprise, Chloé confirma d'un signe de tête.

— Vous habitiez un quartier de la Basse-Ville et elle est décédée en décembre 1989, n'est-ce pas ?

Chloé était impressionnée. Elle acquiesça. Qui était ce gars mystérieux ? Il continua :

— L'infirmière qui a soigné ta mère s'appelait-elle Justine ?

— Oui, mais…

Olivier y alla directement.

— Chloé, Justine est ma mère.

— Voyons donc ! s'exclama Chloé en écarquillant les yeux.

— Ouais…

— Tu serais le fils de celle qui a veillé ma mère jusqu'au dernier moment ? Ça me touche tellement quand je repense à cette période de ma vie.

La serveuse apporta deux cafés. Captivé par la conversation, le duo ne commanda rien d'autre. Olivier reprit la parole :

— Ma mère nous parlait occasionnellement de ses patients. Curieuse comme une belette, ma sœur Brigitte, qui a le même âge que toi, la questionnait sans arrêt sur ses services privés. *Mom* a fini par flancher. Un soir, pendant le souper, elle nous a raconté pour ta mère – sans la nommer, évidemment. Elle était émotive et semblait très attachée à sa patiente. Maman pouvait s'absenter de la maison à des heures indues après un appel téléphonique d'une ado. Je me souviens qu'on mangeait souvent de la bouffe de resto durant cette période, ce qui était plutôt rare chez nous. Et aussi que maman nous avait mentionné le courage de la fille de la malade… Tout à l'heure, en t'écoutant, j'ai réalisé que j'avais déjà entendu ton histoire. Une ado, fille unique, qui prenait soin de sa mère cancéreuse et dont les parents divorcés s'étaient retrouvés. Durant la pause, j'ai téléphoné à ma mère. Elle m'a confirmé que la fille de Louise, décédée d'un cancer en décembre 1989, s'appelait bien Chloé.

— Je n'en reviens pas ! s'exclama la jeune femme. Le monde est petit à Québec ! Justine se montrait si douce et compatissante avec maman. C'est grâce à elle que ma mère s'est éteinte sereinement à la maison, avec nous… Tu me transportes dans des souvenirs lointains, chargés d'émotions contradictoires. J'étais dévastée à l'idée de perdre ma mère et enragée de la voir tant souffrir. En même temps, j'espérais que ça finisse et que sa douleur cesse, mais je ne voulais pas qu'elle me quitte pour toujours…

Olivier se demandait si Chloé et lui avaient rendez-vous avec le destin. Reverrait-il cette femme qu'il trouvait très jolie et dont les yeux brillaient en prononçant le nom de sa fille ? Quelque peu fébrile, il attira l'attention de la serveuse. Sa compagne et lui commandèrent deux pointes de gâteau au chocolat. Il fallait fêter cette rencontre !

Ensuite, Olivier lui parla de Jules et Mathéo, de sa séparation récente. Il lui arrivait encore d'en vouloir à Marie-Hélène. Chloé ne le jugea pas. Elle mentionna que c'était tout à fait normal durant l'année qui suivait la rupture. Ils échangèrent sur les enfants, sur la philosophie des AA, sur Dieu. Ils se considéraient comme bénis d'être sobres. Ils avaient souffert tous les deux de l'alcoolisme, cette maladie physique, psychologique et spirituelle qui ne peut se contrôler que par l'abstinence.

Même si les sujets abordés étaient plus que sérieux, Chloé découvrait un gars drôle et touchant. De son côté, Olivier ne se lassait pas de la regarder. Elle aimait son allure d'adolescent dégingandé ; il aimait son air d'intello des vieux pays que lui donnaient ses lunettes à monture sombre. Elle aimait ses dents séparées mais droites ; il aimait ses mains fines aux ongles courts. Ils se sentirent tous les deux très proches l'un de l'autre.

Le restaurant se vida, mais Olivier et Chloé n'avaient pas envie de rentrer. Finalement, un malaise les rattrapa. Sans oser en discuter ouvertement, un détail précis les taraudait chacun de leur côté : Olivier venait de se séparer et commençait son temps de sobriété.

Chloé inspira profondément et, déterminée, se leva la première. Elle refusait de se lier d'affection avec un nouveau membre. C'était un principe des AA qu'elle respectait. Quant à Olivier, il reconnaissait qu'il avait besoin de temps avant de plonger dans une nouvelle relation. À la fin, il mentionna tout de même à Chloé que sa mère adorerait sans doute prendre un café avec la fille de Louise. Un jour, si ça adonnait !

La serveuse leur présenta une seule facture. Les deux insistèrent pour la payer. Ils éclatèrent de rire en décidant de régler chacun leur part. Ils se séparèrent en se faisant la bise sur les deux joues, affirmant que chaque fois qu'ils se croiseraient dans une salle des AA ils repenseraient à l'histoire qui concernait leurs mères.

Il était presque minuit lorsque Olivier rentra chez lui. Encore sous le charme de sa rencontre avec Chloé, il flottait. Machinalement, il ouvrit la télé pour se détendre un peu. Incapable de se concentrer, il monta finalement se coucher. Il tourna dans son lit jusqu'au beau milieu de la nuit. Il pensa d'abord que le café était responsable de son insomnie, mais il s'avoua finalement que Chloé l'avait troublé.

Cette fille était attirante et radieuse. Pour la première fois depuis des lunes, il entrevoyait un peu de lumière au bout du tunnel. Il guérirait un jour de Marie-Hélène. Il referait peut-être sa vie… avec une fille simple, intelligente et joyeuse. Comme Chloé. Tous les espoirs étaient permis. Cette fille l'avait éveillé à quelque chose d'envisageable à long terme. Pas dans l'immédiat, bien sûr !

Pour le moment, il avait d'autres chats à fouetter. Il devait d'abord déménager et résoudre plusieurs problèmes. Marie-Hélène était partie depuis une semaine, mais ils se voyaient régulièrement. Ils devaient régler leurs affaires financières et déterminer l'horaire de garde des enfants, organiser la vente de la maison et la séparation des biens. De fait, ni Olivier ni Marie-Hélène ne pouvaient assumer seuls les paiements mensuels de leur luxueuse demeure.

Selon Olivier, Marie-Hélène avait pris une sage décision. Elle resterait dans la région de Québec pendant la prochaine année. Pour son travail et pour ses fils. Elle avait loué un appartement et elle voyagerait chez son *chum* à Montréal lorsque les enfants seraient avec leur père.

Au fond, jamais Olivier n'aurait cru vivre pareils bouleversements dans sa vie : un problème de dépendance à l'alcool et une séparation. Il commençait à comprendre que l'un découlait directement de l'autre. Il en assumait cependant l'entière responsabilité.

Résilience ! Ces temps-ci, ce mot l'habitait et générait en lui une certaine confiance en la vie, en l'avenir. Les gens qui se remettaient d'aplomb après une dure épreuve devenaient plus forts, plus résistants. Olivier était étonné de ressentir de plus en plus d'énergie.

Les chiffres lumineux du réveille-matin indiquaient quatre heures lorsqu'il sentit enfin son corps s'alourdir. Il lui restait trois heures pour récupérer. Dès huit heures trente, il devrait faire bonne figure dans un amphithéâtre rempli à craquer. Le cours de Communications et Société était un cours obligatoire en première année et rassemblait une foule d'aspirants. Ramenant les couvertures sous son menton, Olivier s'endormit, le sourire aux lèvres et plein de confiance en la vie. Il avait hâte de revoir Chloé, mais devrait s'abstenir devant elle de toute démonstration de sentiments, si purs soient-ils.

Chloé rentra chez elle ébranlée. Sa rencontre avec ce gars sympathique lui faisait réaliser sa solitude. « Cette fois-ci, je n'ai pas croisé un "gros colon" ni un "intello sans couleur" qui m'ennuyait à mourir », se dit-elle en souriant.

Mais voilà… Dans sa voiture, en revenant du restaurant, elle s'était remise à rêver d'une relation durable avec un homme. Pour fonder une vraie famille. Pas nécessairement avec Olivier, mais avec un gars comme lui : sensible, viril, honnête, un brin farouche. Ce genre-là existait peut-être encore !

Elle aurait tellement aimé qu'il soit plus avancé dans sa sobriété et qu'il ait réglé sa séparation depuis longtemps ! Cependant, ce n'était pas la réalité. Donc elle devait simplement le considérer comme un candidat intéressant mais non disponible.

Elle libéra la gardienne, borda Marilou et revint se préparer une boisson chaude à la cuisine. Une tisane de valériane la relaxerait. Que lui arrivait-il ? Jusqu'à ce soir, elle aimait pourtant sa vie. Tout à l'heure, elle avait justement partagé son bonheur avec ses amis au *meeting*, leur exprimant qu'elle avait enfin retrouvé l'équilibre et la joie de vivre. Elle avait ajouté qu'elle avait confié la recherche de l'âme sœur à son Dieu. Et elle le croyait vraiment !

Néanmoins, ce soir, elle était quelque peu agitée intérieurement. Dans un sens, elle était heureuse d'avoir rencontré quelqu'un qui l'avait ramenée à sa mère et à ses racines. Dans un autre, elle était secouée par l'aisance ressentie à échanger ses souvenirs avec Olivier. Un pur bonheur!

En rinçant sa tasse, la jeune femme constata qu'elle n'avait pas sommeil. Pour l'instant, la valériane s'avérait inefficace. Elle se fit couler un bain et sortit un roman de García Márquez, un de ses auteurs préférés. Il décrivait l'amour comme un Dieu!

À trois heures du matin, elle revint à la cuisine et grignota des biscuits. Elle se surprit à répéter tout haut des mots échangés avec Olivier: «*Mom* a fini par flancher. Elle nous a raconté pour ta mère...»

Elle pensa à cette belle phrase qui, un jour, l'avait tellement remuée: «Mozart, le silence qui suit la fin de sa musique, c'est encore du Mozart...»

Chloé était vraiment touchée.

Chapitre 14

Pour réaliser le pèlerinage de Saint-Jacques-de-Compostelle, Pierre et Justine avaient dressé une liste d'articles à emporter : vêtements divers pour le temps chaud, le temps froid ou la pluie, articles de toilette, médicaments, crème solaire, mouchoirs, lampe de poche, crayons, papier et petits ciseaux, lessive à main de même que papier hygiénique. Ils emporteraient aussi une caméra légère, un carnet d'adresses postales et électroniques des enfants et amis ainsi que leur cellulaire. À cela s'ajoutaient des articles « de survie » tels que des épingles à nourrice et à linge, des lacets de secours, des pansements désinfectants et des bouchons pour les oreilles. Sur Internet, on suggérait de s'en tenir à un sac à dos de sept kilos au maximum.

— Il faut voyager léger, chérie ! lui rappelait continuellement Pierre quand elle hésitait à se séparer d'une brosse à cheveux, d'un chandail plus lourd ou d'un livre de pensées quotidiennes.

— Voyager est déjà tout un exploit pour moi ! répliquait Justine. Mais j'ai hâte ! Bizarre, ta femme, non ?

— Ma femme est un être bizarre…

Ils discutaient longuement des façons simples d'alléger leurs bagages en mettant en commun certains objets et en évitant tout superflu. Ils avaient placé tous leurs papiers d'identité dans deux pochettes étanches et choisi des gourdes accrochées au sac plutôt que des bouteilles de plastique rigide. Des amis leur avaient confirmé qu'ils pourraient s'approvisionner en eau potable dans la plupart des villages ou haltes. Pierre n'avait pu s'empêcher de glisser des dosettes de café, du sucre et du lait en poudre dans son sac. Justine l'avait taquiné :

— Accro à la caféine, peut-être ?

— Mais non ! C'est juste au cas où…

À tout moment, ils s'asticotaient sur leur choix de chaussettes, d'utilités ou d'inutilités quelconques.

— Si les enfants nous entendaient, ils se moqueraient royalement de nous ! commentait Justine.

— À leur âge, on était sérieux, nous aussi, ripostait Pierre.

Malgré ce beau projet, Justine traînait un *spleen*. Une angoisse qui s'installait par vagues depuis le début de la belle saison. Plus précisément depuis le début de juillet, moment où elle avait beaucoup échangé avec son amie Margot.

Bien sûr, plusieurs événements contribuaient à entretenir son état. La séparation d'Olivier lui avait tiré les larmes plus d'une fois, d'autant plus que son fils avait lutté contre un problème d'alcool. Fort heureusement, cela s'était soldé par une thérapie au mois d'août. Combien de fois, au cours de cet été, avait-elle senti que les enfants lui cachaient quelque chose ? Au moins, Brigitte était venue lui donner des explications.

Et il y avait eu le *party* où Paul était arrivé seul de Montréal. Sans Zoé. Huit années de vie commune et leur couple remettait en question leur désir d'avoir des enfants. Justine devrait-elle faire face à la séparation de son autre fils ? Elle était tellement attachée à ses belles-filles. Le soir de la fête, malgré la présence de ses enfants, de ses petits-enfants ainsi que des enfants de Pierre, elle avait vraiment ressenti une impression de vide. Marie-Hélène, Zoé et Rose lui manquaient.

La dépression de Rose ces derniers mois l'avait aussi touchée. Les disputes de la jeune femme avec Julien, ses pleurs, ses émotions embrouillées et parfois contradictoires ne la laissaient pas insensible. Pour finir, il y avait eu Mylène dans la vie de Julien. Et Mylène et Julien au *party*... Et Mylène et Pierre ! Comme si ce n'était pas assez, il y avait eu la fugue de Pénélope, suivie des retrouvailles de Rose avec sa mère, Maryse. Son amie Maryse était la mère de sa belle-fille ! Cette incroyable nouvelle avait généré son lot d'émotions.

Un autre imprévu, mais non le moindre, celui qui pompait encore plus son énergie, était le résultat douteux de sa mammographie. Peut-être était-ce l'extrême limite de son anxiété. Pour la première fois, elle s'entêtait à cacher volontairement un problème à son mari. Elle vivait donc son inquiétude secrètement avec Margot qui ne la lâchait pas d'une semelle.

La présence d'une zone d'ombre dans son sein droit détectée sur les deux radiographies lui empoisonnait carrément la vie. Elle passait son temps à se faire des auto-examens. Justine avait beau rationnaliser, une peur phobique s'était installée en elle.

Après deux radiographies questionnables, le médecin ne s'alarmait pas outre-mesure car la zone grise restait identique. Néanmoins, il désirait en avoir le cœur net. Un troisième examen plus approfondi, une TACO, lui fournirait une réponse précise. Si elle s'avérait positive, Justine devrait en parler à Pierre.

Est-ce que Pierre sentait son manque de transparence ? En tout cas, il avait semblé vraiment troublé par Mylène. Justine pensait que c'était peut-être une conséquence fâcheuse de ses propres cachotteries. Les deux étaient moins proches l'un de l'autre. Pourtant, Pierre s'était excusé avec sincérité. Toutefois, même si Justine se reprochait de lui cacher son problème, elle restait incapable de s'ouvrir franchement.

Tout l'été, elle s'était nourrie d'une littérature foisonnante, d'entraînements et de marches sur la plage ou dans des sentiers pédestres époustouflants pour contrer son anxiété récurrente.

Elle échangeait de nombreux courriels et coups de téléphone avec Margot. Malheureusement, les bienfaits des encouragements de son amie ne duraient qu'un temps. Les soucis refaisaient surface à la moindre contrariété ou fatigue.

Quant à Margot, elle acceptait toujours difficilement le divorce de sa fille. D'une certaine façon, les confidences de sa compagne confortaient Justine ; chaque être humain avait son lot de malheurs à vivre.

Ce midi, les amies avaient justement rendez-vous. En fait, avant d'aller dîner, Margot accompagnerait Justine à la TACO. Justine saurait enfin si elle ferait face à une tumeur bénigne – donc à une chirurgie simple – ou, dans le pire des cas, à une tumeur maligne avec toute sa panoplie de traitements. Au mieux, la radiographie serait normale. Justine aurait d'ailleurs les résultats sur place.

Pierre, qui ignorait la raison principale de la sortie, taquina Justine en la voyant se pomponner :

— Vous allez vous en raconter des vertes et des pas mûres, Margot et toi, ce midi !

— Pas plus que d'habitude ! répondit nonchalamment sa douce devant le miroir.

Justine avait la tête ailleurs. Elle savait qu'elle aurait été incapable d'aller passer sa TACO toute seule. Déformation professionnelle d'ancienne infirmière ? À cet égard, Justine et Margot se comprenaient parfaitement.

Elle songeait aussi à la question que Pierre lui avait posée ce matin : avait-elle perdu du poids ? Sa pression artérielle avait sûrement monté en flèche, car elle avait aussitôt envisagé un cancer. Puis elle avait considéré son anxiété des dernières semaines. Et elle avait repensé à son entraînement plus intensif et régulier que d'habitude. À la fin, elle s'était dit que le pantalon noir revêtu pour la sortie lui donnait une silhouette plus élancée. Quoi qu'il en soit, Justine avait soigneusement évité le pèse-personne. Elle avait résolu d'agir ainsi avant d'avoir les résultats de la TACO. Elle préférait de beaucoup l'illusion du poids stable.

Elle rejoignit Margot à la clinique de radiologie à onze heures. À l'inscription, la secrétaire lui demanda si elle avait apporté ses deux dernières radiographies. Justine sursauta nerveusement.

— Quoi ? Mes radios, je ne les ai jamais eues !

La salle d'attente était bondée, mais plongée dans un grand silence. Plusieurs personnes écoutaient sans doute la conversation. Justine avait déjà envie de pleurer. Compatissante, Margot lui prit la main en guise de soutien.

— Ce n'est pas grave ! s'impatienta la réceptionniste. Remettez-moi votre carte d'assurance-maladie et allez vous asseoir. On vous appellera.

Les deux filles s'installèrent dans cette salle pleine d'hommes, de femmes, d'enfants et de personnes âgées. Justine se vit dans ces gens qui tournaient les pages d'une revue ou regardaient partout en surveillant l'heure. Personne n'avait l'air de craindre l'examen à venir.

Justine redoutait l'éventualité d'une chirurgie après la TACO. Elle était sur le bord de paniquer. Il lui fallait de l'air. Elle avisa Margot qu'elle désirait sortir. Son amie lui chuchota à l'oreille :

— On reste, d'accord ? Tu ne veux surtout pas être obligée de revenir. Ça va bien aller, Justine ! Après tout, tes deux autres radios révélaient qu'une zone d'ombre… Ce n'est rien d'alarmant, Juju. Nous sommes seulement ici par prudence. Pense à Compostelle !

Précisément soixante secondes plus tard, une voix dans le micro convoqua Mme Justine Renaud à la salle numéro 7. Margot sourit et Justine frissonna.

Justine se leva promptement. Cela lui permit de freiner ses peurs. Elle revêtit la jaquette bleue et les grands bas blancs et pénétra dans la salle. Une technicienne en radiologie l'attendait. Elle lui expliqua doucement la procédure de la TACO, puis elle l'invita à s'étendre sur la table. Elle procéda ensuite à un examen sommaire des seins. Trouvant que sa patiente était tendue, la technicienne s'assit à sa droite, lui prit la main et la massa. Elle en avait vu d'autres. Puis la femme médecin arriva.

— J'ai regardé votre dossier, madame Renaud, déclara-t-elle. Cet examen n'est qu'une formalité. On en prescrit tous les jours maintenant. Cela nous permet d'intervenir tôt, s'il y a un problème. Dans 90 % des cas, on n'apprend rien de plus qu'à la radio conventionnelle. Vos mains sont froides ; détendez-vous, ça va bien se passer. Je vous expliquerai au fur et à mesure ce que je fais.

Justine avait les larmes aux yeux, mais elle collaborerait. La dame était sympathique. D'ailleurs, l'examen se déroula rondement. Juste au moment où Justine commençait à se détendre, on lui dit que c'était terminé.

— Tout est beau, madame Renaud ! annonça la femme médecin sans tarder.

— Voulez-vous dire que c'est fini pour ce matin ? la questionna Justine.

— Non ! Je vous signifie que l'examen est normal. Nous ne décelons aucune anomalie. Je vous le répète, madame Renaud, tout est beau. Je transmettrai les résultats sous peu à votre médecin de famille.

À la fois soulagée et incrédule, Justine pleurait et riait en se relevant de la table d'examen. Une euphorie s'emparait d'elle.

— Merci beaucoup ! Je peux partir ?

— Bien sûr ! Passez une bonne journée, madame.

— Je suis certaine qu'elle sera bonne, et même excellente ! Merci encore !

La femme médecin et la technicienne sourirent. Elles connaissaient la jubilation de ces femmes qui vivaient avec la peur bleue du cancer et qui apprenaient la bonne nouvelle.

— Allez raconter ça à votre amie ! Avec vos larmes et votre rire, vous ensoleillez ma journée, madame Renaud !

Les filles quittèrent la clinique de radiologie vers midi. En fermant la porte, Margot s'écria :

— Prends une grosse bolée d'air, ma cocotte ! Comme on dirait par chez nous, ça va te requinquer.

— Ouf ! Quel soulagement ! Merci, Margot ! Qu'est-ce que j'aurais fait sans toi, mon amie ?

— Ah ! Tu en aurais trouvé une autre ! Elle n'aurait pas été aussi fine que moi, évidemment… Bon ! Allez, on s'en va manger. Les émotions, ça me creuse l'appétit, moi ! Je meurs de faim !

— Moi aussi. Mais avant, je vais appeler Pierre.

Dès qu'elle eut son mari au bout du fil, elle annonça tout de go :

— Chéri, on part pour Compostelle !

— Bien sûr qu'on part ! lança Pierre, étonné. Qu'est-ce qui nous en empêcherait ?

Justine déballa enfin toute l'histoire : les taches sur les radiographies, sa peur du cancer et des chirurgies, la crainte de lui gâcher son été et le voyage…

Pierre, stupéfait, n'en revenait pas ! Il aurait vraiment tout vu cet été. Il se doutait bien qu'elle lui cachait un truc, que quelque chose la tourmentait. Et ça durait depuis le mois de juin !

S'il n'avait pas été au courant de sa phobie des maladies, il aurait été en colère contre elle. Il savait bien qu'enfant, trop jeune, elle avait été forcée d'aider sa propre mère, ce qui lui avait fait développer des peurs. Encore aujourd'hui, elle s'entêtait à affronter ses problèmes seule afin de ménager la sensibilité des autres. Pierre trouvait cela plutôt malsain. Mais c'était une particularité de Justine. « Sa peureuse trop protectrice », comme il l'appelait affectueusement.

— Tu me pardonnes, chéri ?

— Donne-moi un peu de temps. Je suis abasourdi en ce moment et j'ai de la peine.

— Je regrette, mon amour…

Bouleversé, Pierre tourna en rond pendant toute l'heure qui suivit. Incapable de se concentrer, il erra dans la maison en regardant tomber les premières feuilles de l'automne. Il ne cessait de penser à Justine qui avait traversé un été si pénible. Non seulement ils avaient vécu les difficultés des enfants et la fugue de Pénélope, mais en plus sa femme avait enduré de grandes inquiétudes au sujet de sa santé. C'était normal qu'elle soit tendue par moments ! Et elle avait tout camouflé. Elle avait beau être désolée, il restait déconcerté. Puis il se centra finalement sur le plus important : les résultats de l'examen étaient normaux.

Il s'ennuya d'elle comme après un malentendu. Il s'ennuyait de leur complicité, de leur confiance mutuelle. Il détestait être tenu à l'écart des problèmes de Justine.

— Mon amour, si tu savais comme j'ai hâte de te prendre dans mes bras ! lança-t-il dans le salon désert.

Justine et Margot étaient chamboulées mais heureuses. Dans l'auto, elles parlaient toutes les deux en même temps. Justine versait des larmes et se mouchait à tout moment pendant que Margot, l'estomac dans les talons, cherchait où elles fêteraient l'heureuse nouvelle. Elles choisirent d'aller chez Victor. Les sandwichs fins et les frites maison étaient une valeur sûre.

Au resto, Margot voulut tout savoir de la réaction de Pierre.

— Il était complètement soufflé ! murmura Justine. Il ne parlait plus. Je lui ai dit que tu ne m'avais pas lâchée de l'été et que je ne voulais pas l'énerver avec mes peurs. Je pense qu'il est très déçu. J'ai hâte de tout lui expliquer en personne. Je regrette mes secrets, mais j'avais peur qu'il s'inquiète outre mesure, qu'il me pousse trop. J'avais besoin de vivre cela à mon rythme. J'avais oublié que mon Pierre me respecte jusqu'au bout des doigts.

Ensuite, elles firent le tour de leurs sujets favoris : les enfants, les petits-enfants, Compostelle, la saison à venir…

— Justine, j'en ai perdu un bout pendant que j'étais au chalet, dit Margot.

— Ce n'est pas grave. On est là pour se reprendre. Commence, Margot !

— Ma fille va mieux, raconta l'amie. Elle accepte de plus en plus sa séparation. Les enfants s'adaptent à la garde partagée. On les voit la fin de semaine lorsqu'ils sont chez leur mère, et on ne les voit pas du tout lorsqu'ils sont chez leur père. La semaine, ils ont la garderie et un horaire chargé. Le soir, c'est : souper, bain, dodo. Nous, les grands-parents, nous nous ennuyons souvent. Je sens que ma fille se remet tranquillement de sa rupture et que les petits vont bien. C'est ce qui compte le plus, non ?

— C'est ce que je me dis pour Olivier. Et comment va ton fils ?

— Il a un emploi très bien payé dans la haute technologie. Mais il n'a toujours pas de blonde. Je devrai peut-être me faire à l'idée qu'il restera célibataire ou…

Margot haussa les épaules. Ce n'était pas la première fois qu'elle tournait autour du pot et ne finissait pas ses phrases en parlant de son fils. Cette fois, Justine osa demander :

— Penses-tu qu'il est gay ?

— Ça se pourrait ! affirma sa compagne en baissant le ton. Cependant, il ne faut pas parler de cela devant son père. Jean refuse d'envisager cette possibilité.

— De quoi parles-tu ?

— Eh bien, d'homosexualité…

Comme elles étaient mères et grands-mères, Justine et Margot appréciaient de pouvoir échanger des secrets de famille. Elles avaient des soucis différents et elles savaient écouter avec compassion.

— Et toi, comment réagis-tu à l'éventualité que ton fils soit homosexuel ? demanda Justine, contente d'offrir une oreille attentive.

— Assez bien ! Il nous appelle souvent. On placote… Un jour, il se décidera à parler, j'imagine. On dirait qu'aujourd'hui la vie semble un peu moins contraignante pour les gays. Les couples homosexuels ont même le droit de se marier et d'élever des enfants. Et puis… je l'aime, mon fils ! Ça s'arrête là ! Voilà !

Les larmes aux yeux, Margot changea de sujet :

— Maintenant, donne-moi des nouvelles de Brigitte. Est-elle enceinte ?

— Non, pas que je sache. Ma fille et son mari ont un projet différent : ils veulent faire un retour à la terre. Je crois t'en avoir déjà parlé. Ils s'intéressent de plus en plus aux produits du terroir. Ils visitent parfois des fermes, élèvent des poules et lisent des bouquins sur la vie agricole. Ils possèdent un téléphone cellulaire un peu désuet, ils refusent l'ordinateur portatif et ils sont contre la surconsommation. C'est assez spécial !

— Dans quelle région cherchent-ils une ferme ? s'informa Margot.

— Charlevoix, Portneuf ou Bellechasse.

— Brigitte se dévoue toujours aux enfants et son *chum* est encore travailleur de rue ?

— Oui. Finalement, peut-être que ce projet restera au stade embryonnaire et qu'ils se contenteront de leurs poules. Pour l'instant, ils « trippent », comme ils disent.

— Et pour tes gars, comment cela se passe-t-il ?

Tout en jasant, les filles grignotaient leurs dernières frites. Elles étaient incapables d'en laisser une dans l'assiette tant elles les trouvaient délicieuses.

— Mes deux gars sont seuls, répondit Justine. Paul téléphone rarement et Oli est accaparé par les enfants, l'université et les réunions des AA. Leur silence m'agace. Mais après tout, ce sont des adultes…

— Et les enfants de ton *chum*, ça va ?

— Caro et Isa vont bien. Caro est très heureuse d'avoir adopté ses deux petites Vietnamiennes tellement mignonnes. Isa est bien occupée avec Béatrice et les deux petits mousses. Tu sais que Béa est rendue à huit ans ? Notre petit Bouddha grandit. Elle est entrée dans une chorale…

— Et Julien ?

— On dirait qu'il va reprendre avec Rose.

— Rose n'est plus fâchée ? s'étonna Margot.

— C'est bizarre, mais depuis la fugue de Pénélope et les retrouvailles avec Maryse, sa mère, elle laisse Julien se réinstaller lentement. J'ignore s'il a annulé le bail de son loft, mais il paraît que ça va très bien entre eux.

— Et sa dépression ?

— Cela semble aussi se résorber. Maintenant qu'elle a retrouvé sa mère biologique, on dirait que tous les morceaux du casse-tête se mettent en place.

Les filles continuèrent à bavarder une partie de l'après-midi. Le serveur leur rapporta du café et le réchauffa à quelques reprises. Compostelle, spectacles à venir, yoga à la session d'hiver… les sujets abondaient. À la fin, elles revinrent sur la TACO dont le résultat était normal, sur la peur de Justine et son imagination fertile lorsqu'elle avait un doute sur sa santé.

— En vieillissant, j'ai bien peur d'empirer et d'avoir besoin de ma bonne amie Margot à l'occasion, avoua Justine en se levant de table.

— Une chance qu'on s'a ! clama Margot. Moi aussi, j'ai bien besoin de ma vieille amie pour me démêler et me calmer.

— Cinquante-cinq ans d'amour, ça crée une dépendance, ça a l'air !

Sur cette boutade, elles se firent la bise et se quittèrent. Le prochain lunch aurait lieu lorsque Justine reviendrait de Compostelle.

Chapitre 15

L'odeur du café embaumait la cuisine. Justine vint rejoindre Pierre qui lisait son journal au bout de la table. Des reflets irisés créaient une ambiance chaude de début d'automne. En ce 20 septembre, le ciel était bleu clair et le temps, frais. Le grand jour du départ pour le pèlerinage à Saint-Jacques-de-Compostelle était enfin arrivé. Dans quelques heures, ils prendraient l'avion vers les vieux pays.

Justine embrassa son mari, se servit une tasse de café et vint s'installer près de lui.

— Bien dormi, mon chéri ?

Pierre enleva ses lunettes et éloigna un peu son journal.

— Super ! Mais toi, es-tu en forme ce matin ?

Justine tenait sa tasse à deux mains. On aurait dit qu'elle y était affectueusement soudée. Sentant son pouls tambouriner dans son cou, elle tentait de retrouver un peu de bien-être. La nuit avait été franchement difficile. Incommodée par un premier rhume de saison, elle avait erré d'une pièce à l'autre, analysant les ennuis des enfants et révisant mentalement ses préparatifs de voyage. Fourbue, elle avait fini par s'endormir vers trois heures.

— La nuit a été courte, mais ce n'est pas grave, soupira-t-elle. Le jour J est enfin arrivé et il fait un temps superbe.

— As-tu passé la nuit à penser à Oli?

— À me moucher, à penser à Olivier, à Paul et à notre petit Gabriel. Quand on ne dort pas, on rumine. C'est bien connu.

Cette semaine, ils avaient appris qu'Olivier avait rechuté. Quand Justine l'avait appelé pour avoir de ses nouvelles, il s'était mis à pleurer. Il avait pris une cuite la veille et il éprouvait énormément de culpabilité.

Tout avait commencé quelques jours auparavant. En sortant de l'étude du notaire, après la signature de la vente de leur maison, Olivier et Marie-Hélène s'étaient retrouvés dans un petit restaurant pratiquement vide. À deux heures de l'après-midi, leurs estomacs criaient famine. Ils avaient commandé le menu du jour. Puis Marie-Hélène avait demandé un demi-litre de vin rouge au serveur. Selon elle, il fallait souligner leur acte notarié.

— Un verre, Oli? avait-elle proposé. Pour célébrer notre talent de vendeurs… Et notre séparation à l'amiable… Un seul verre!

Olivier aurait dû refuser. Déjà un mois et demi qu'il n'avait pas bu d'alcool; sa vie avait repris un sens inespéré. Mais Marie-Hélène voulait fêter… Elle était heureuse et, quand elle était heureuse, elle était tellement belle. Dès leur arrivée chez le notaire, il avait remarqué ses cheveux plus ou moins coiffés. De plus, elle n'était pas maquillée et n'avait même pas mis de rouge à lèvres. Olivier l'avait désirée.

« Un seul verre ne devrait pas me causer de problèmes… On a juste une vie à vivre, bon Dieu ! s'était-il dit. J'ai déjà réussi une fois à devenir sobre, pourquoi pas une deuxième ? » Ainsi, ce midi-là, obnubilé par le souvenir de son premier grand amour, Olivier avait rompu l'engagement pris avec lui-même.

— Un verre seulement ! avait-il répliqué.

Mais l'après-midi ne s'était pas déroulé comme prévu. Ils avaient ensuite commandé un autre pichet de vin et l'avaient bu jusqu'à la dernière goutte. Par la suite, émotifs et habités d'un désir réciproque, légèrement étourdis par le vin de table, ils s'étaient retrouvés à leur ancienne adresse et s'étaient jetés fougueusement l'un sur l'autre. Ils avaient passé un bon moment au lit.

Vers dix-sept heures, devant aller chercher les enfants à la garderie, Marie-Hélène s'était rhabillée en remerciant Olivier de terminer leur histoire sur une note aussi paisible. Dehors, il pleuvait des cordes et la rue était des plus bruyantes. Sur la galerie, fixant la maison qui lui rappelait leur vie commune, elle avait cru bon de remettre les pendules à l'heure. D'une voix forte pour être certaine d'être entendue, elle avait lâché une bombe :

— S'il te plaît, Oli, fais-moi plaisir : oublie cet après-midi ! Vois cela comme une parenthèse dans notre nouvelle vie, chacun de notre côté. Je ne voudrais pas que tu entretiennes de fausses illusions…

Elle avait nonchalamment remonté son col et couru vers sa voiture, laissant Olivier seul et désemparé devant son insupportable réalité.

Il avait alors eu vraiment soif pour la première fois depuis sa thérapie. Une soif incontrôlable. Sans réfléchir, il avait filé au dépanneur et, malgré la certitude de commettre une erreur monumentale, il s'était acheté une bouteille de vin. Il l'avait prise au hasard. L'appellation lui importait peu ; rouge, blanc, mousseux, bordeaux, bourgogne, nouveau, vieux, doux ou sucré, il s'en fichait éperdument. Du moment que c'était du vin et que ça l'apaiserait.

Olivier avait pleuré son chagrin une partie de la soirée en vidant sa bouteille. En fait, il était plus attristé en ruminant des pensées sur lui-même qu'en se remémorant les événements de l'après-midi. Affligé dans tout son être, il s'était regardé dans le miroir ; il avait une tête d'enterrement. Il avait alors appelé sa sœur Brigitte pour se confier. Pour l'informer de sa journée, lui raconter Marie-Hélène, la rechute et tout.

Un peu plus tard, le cœur à l'envers, Brigitte avait contacté Justine. Elle aussi avait besoin d'échanger, de connaître l'opinion de sa mère. Les deux femmes avaient discuté un bon moment. À la fin, elles s'étaient mises d'accord pour dire qu'Olivier était le seul responsable de sa vie. Elles avaient beau avoir toute la peine du monde et connaître toutes les solutions possibles, le problème lui appartenait. Elles devaient le laisser mener sa barque à sa guise.

Depuis ce jour fatidique, Olivier continuait sa descente aux enfers. Justine avait beau penser que son fils était un adulte et qu'il devrait parvenir à se prendre en main, elle pleurait souvent et s'inquiétait pour lui et ses deux petits garçons.

De plus, elle vivait une déception d'un autre ordre. Paul, à Montréal, ne lui donnait toujours pas de nouvelles. Elle savait qu'il avait de grandes décisions à prendre concernant son couple. Depuis que Zoé était revenue d'Europe, c'était le silence total. Lorsque Justine avait voulu laisser un message sur son répondeur, l'appareil était saturé.

Pour compléter le tableau, Justine et Pierre avaient appris que leur petit-fils Gabriel était hyperactif. Isabelle et Thomas étaient dépassés par le diagnostic. Les professeurs avaient suggéré qu'il prenne du Ritalin et qu'il consulte un pédopsychiatre. Isabelle et Thomas se tourmentaient et s'interrogeaient sur la pertinence de ce médicament. Ils savaient que plusieurs enfants en devenaient dépendants.

Isabelle était venue prendre un café à l'Auberge Inn pour connaître le point de vue de Pierre et Justine. Ignares en ce domaine, les grands-parents l'avaient plutôt écoutée. À la fin, Pierre avait parlé d'articles parus récemment sur des enfants diagnostiqués TDAH – trouble déficitaire de l'attention, avec ou sans hyperactivité. Certains enfants fonctionnaient normalement avec le Ritalin.

— Notre fils est agité, oui, mais on refuse de geler sa spontanéité, de le changer en bloc de glace ! avait plaidé Isabelle. Par contre…

Tous les quatre, ils avaient échangé un bon moment. La situation était complexe et Pierre et Justine se sentaient tristes et impuissants.

Le couple partirait donc pour Compostelle avec les problèmes de leur famille dans leurs sacs. La liberté prévue n'était pas pour demain. Comme c'était difficile de ne pas enfiler les bottines de ceux qu'on aime !

— Atchoum ! Atchoum !

Pierre n'en menait pas large. Souffrant lui aussi d'un rhume, il frissonna. Cela se répétait chaque début d'année scolaire. Les petits retournaient à la garderie, véritable fabrique à virus, et attrapaient tout ce qui passait. Ensuite, ils contaminaient leurs proches. La sainte famille !

Pierre s'inquiétait davantage pour Justine que pour lui-même. En voyage, sa femme avait déjà tendance à perdre sa quiétude. Qu'en serait-il cette fois-ci alors qu'ils partaient sur des routes inconnues, le sac au dos et la tête pleine de soucis ?

Ils passèrent leur dernière journée à répondre au téléphone, à terminer les bagages, à prendre des casse-grippe et à faire de courtes siestes. Vers quinze heures, pendant que Justine rassemblait les photos des gamins dans une pochette plastifiée, on sonna à la porte.

Marie-Hélène venait leur souhaiter de belles vacances. Même séparée d'Olivier, elle voulait qu'ils se rappellent à quel point ils étaient précieux pour elle. Marie-Hélène paraissait beaucoup plus calme qu'en juillet. Elle était heureuse de la vente de la maison. Les garçons s'adaptaient bien à la séparation et ils étaient en pleine forme. Elle espérait que Pierre et Justine garderaient leur porte ouverte pour un café de temps en temps. Comme maintenant.

— Tu seras toujours la bienvenue ! lui dit Justine en la prenant dans ses bras.

— Et ne te gêne pas si tu as besoin de gardiens ! déclara Pierre en l'étreignant à son tour.

Un autre câlin, une accolade trop chaleureuse, Marie-Hélène quitta la maison les larmes aux yeux. Elle leur lança un « Bon voyage ! » en montant dans sa voiture, puis elle ajouta :

— Ce sont vos vacances ! Oubliez tout !

— Bien sûr ! C'est si facile ! ironisa Pierre à voix basse en entrant dans la maison.

Ils finirent par mettre la clé dans la porte et prirent un taxi pour l'aéroport. Sur place, un groupe les attendait : deux couples d'amis ainsi que quelques membres de la famille. Julien, Rose et Pénélope leur offrirent une mine réjouie. Le jeune couple traversait une période de grand amour, une sorte de long fleuve tranquille.

— Ma mère… euh… Maryse vous souhaite du beau temps, mentionna Rose. Pour le reste, elle sait que tout ira bien.

Elle avait prononcé cette dernière phrase en riant. Elle était loin de sa dépression et avait l'air heureuse.

Caroline, Isabelle et Béatrice vinrent aussi embrasser les voyageurs.

— J'ai eu la permission de venir après ma répétition de chorale, annonça Béatrice qui se pavanait dans ses nouveaux vêtements d'école.

Elle avait tellement grandi que Pierre ne put s'empêcher de songer au passage inéluctable du temps.

— Vraiment, ça va trop vite…, confia-t-il à un de ses amis.

— Pour cette raison, il est important de réaliser nos rêves, trancha l'homme. À nos âges, ça commence à presser !

Brigitte arriva à la course avec Simone qui serrait son poing en regardant sa mamie. Elle avait quelque chose à lui remettre : un coquillage. Du haut de ses quatre ans, elle affirma haut et fort :

— J'en ai un pareil chez moi et je te donne celui-là. Comme ça, on va penser très fort l'une à l'autre en l'écoutant. C'est maman qui a dit ça.

— C'est le plus beau coquillage que j'aie jamais vu ! s'exclama Justine.

La fillette se trémoussait. Pierre la prit dans ses bras. Il la garda contre lui tout en jasant avec les autres. Brigitte souffla à l'oreille de sa mère qu'Olivier devait aussi venir les saluer, mais...

— Il... il a dû s'accrocher les pieds quelque part et oublier...

Le pire, c'est qu'Olivier aurait de la peine lorsqu'il se rendrait compte de son étourderie. Justine retint ses larmes pour ne pas gâcher la rencontre avec ceux qui étaient venus les saluer.

Une préposée appela les voyageurs dans les haut-parleurs.

— C'est l'heure ! lança Pierre en regardant Justine.

Tout leur monde leur envoya la main. Le couple se dirigea vers le couloir d'embarquement et prit place dans l'avion.

Une nouvelle expérience commençait. Cette tranche de vie les étonnait encore, même s'ils s'y préparaient depuis des mois.

— Bon voyage, mon amour, murmura Pierre après s'être installé. À partir de maintenant, on oublie Québec, d'accord ?

— Bien sûr ! À toi aussi, mon chéri, le plus beau des voyages !

Ils s'embrassèrent et, main dans la main, fermèrent les yeux quelques instants.

Chapitre 16

Date : Pau, le 22 septembre 2008

À : Tous les enfants et amis

Allô, tout le monde ! Nous sommes enfin arrivés à Pau. Le vol Québec-Paris s'est très bien déroulé. De Charles-de-Gaulle, nous avons utilisé le transport en commun pour rejoindre la gare de Montparnasse et prendre le TGV vers Pau, trajet d'une durée de cinq heures. Inutile de vous dire que nous étions claqués à cause du décalage horaire en arrivant ici le 21 au soir. Nous sommes tombés dans notre lit pour dix heures de sommeil d'affilée.

Aujourd'hui, nous avons pris une journée de repos pour nous procurer les derniers objets difficiles à transporter en avion, comme l'eau, les fruits séchés et nos fameux bâtons de marche. Aussi, nous sommes allés chercher notre credencial (notre carnet du pèlerin), porteur de notre premier tampon officiel signifiant qu'une étape est franchie. C'était franchement émouvant d'avoir en main cette carte nominative personnalisée qui nous donne accès aux refuges et autres avantages et services tout le long du chemin. Du balcon de notre chambre, nous voyons au loin les Pyrénées. Le paysage est époustouflant. Ce n'est plus un rêve ou un projet futur. Demain matin, 23 septembre, nous effectuerons les premiers pas d'une longue marche de huit cent quatre-vingt-deux kilomètres jusqu'à Saint-Jacques-de-Compostelle, à Santiago, en Espagne. Nous espérons franchir la distance en cinquante jours maximum, si tout se passe bien.

Alors, mes cocos chéris, ayez de bonnes pensées pour nous – comme nous en avons pour vous.

Avec amour,

Justine et Pierre (qui jase avec des marcheurs devant le café d'où je vous écris)

xxx

***

Date : Saint-Jean-Pied-de-Port, le 28 septembre 2008

À : Mon amie Margot

Allô, Margot, ma grande amie de toujours,

Comment vas-tu ?

Je suis assise dans un petit café (quatre tables) avec accès Internet. Un seul écran. J'en profite pour te donner des nouvelles un peu plus personnelles.

Je commence par le début : le vol Québec-Paris s'est bien passé, même si Pierre a eu un terrible mal d'oreilles lorsque l'avion a atterri. Son rhume lui bloquait les sinus. Il va beaucoup mieux maintenant.

Déjà sept jours qu'on est arrivés dans les vieux pays. On marche quotidiennement de neuf heures du matin jusqu'à la fin de l'après-midi tout en prenant des pauses-repas et des collations. Notre premier cent kilomètres est franchi. Nous sommes très contents.

Margot, nous rencontrons toutes sortes de marcheurs qui parcourent le chemin pour diverses raisons : connaître une expérience spirituelle, guérir une peine d'amour, surmonter une dépression, retrouver la forme, vivre une aventure hors du commun ou tout simplement pour le plaisir. Ils ont entre dix-sept et quatre-vingt-sept ans, et certains en sont à leur énième périple.

Ma chère, sache que c'est vraiment spécial de mettre son corps à l'épreuve jour après jour. On ne parle plus d'une petite randonnée autour de Québec avec retour à l'Auberge Inn pour se réchauffer dans le confort. Ici, pas question de dormir à la belle étoile. Une fois la route prise le matin, on doit marcher toute l'étape – qui peut varier de quinze à trente kilomètres. Le jour, il fait entre quinze et vingt degrés habituellement et le soleil plombe ; cependant, les nuits sont très froides. Avec l'été particulièrement chaud de cette année, il paraît que plusieurs marcheurs ont souffert d'insolation. Alors il ne faut surtout pas oublier l'eau, les chapeaux et les lunettes fumées.

Quand tu marches dix heures par jour, il arrive parfois que tu ne penses plus à rien d'autre qu'à mettre un pied devant l'autre. Le corps souffre, mais la tête se calme. Les pensées s'estompent et tu es bien. Tu fais alors un acte d'humilité envers la vie.

À d'autres moments, tu peux marcher pendant une heure sans parler, puis tu papotes pendant une demi-heure. Dans le silence, je pense parfois aux enfants, à toi, à mes amis, à ma soixantaine, à ma santé. Vient toujours un moment où, sur les conseils d'autres marcheurs, je finis par déposer mes peurs au pied d'une croix, sous une pierre ou à l'entrée d'une petite chapelle. C'est symbolique, mais c'est vraiment bénéfique !

En gros, c'est ce que j'avais à te raconter. Je me trouve chanceuse de marcher avec Pierre, mon amoureux, un éternel optimiste. Je me rends compte que notre amour vieillit bien. Dans le pire des cas, on s'endure et on s'habitue à nos manies. Je m'ennuie de mes petits, de mes grands et aussi de toi, Margot.

En ce moment, je fais une belle vie, la meilleure que je puisse vivre. Pierre a cependant mal à un pied.

Sa bottine l'a blessé. Il devra probablement voir un médecin et reposer son pied. Un congé… qui sera le bienvenu !

Chère Margot, j'espère que tu te portes bien. Je te réécrirai un peu plus loin sur le chemin… Ça passe tellement vite…

Mes meilleures amitiés à toi et à ta famille.

Je t'embrasse,

Justine

xxx

* * *

Date : Puente La Reina, le 4 octobre 2008

À : Tous les enfants et amis

Allô !

Nous venons de faire estampiller notre carnet du pèlerin. Huit étapes franchies, et pas les moindres ! Nous sommes au cœur des Pyrénées. Mais revenons en arrière quelques instants.

À Saint-Jean-Pied-de-Port, Pierre a consulté un médecin pour une superbe ampoule au talon gauche. Celui-ci nous a appris que la prochaine étape de vingt-huit kilomètres était probablement la plus escarpée et la plus difficile de tout le chemin. Il a décrété une journée de repos obligatoire pour crever et soigner l'ampoule. En passant, cette pause me fut salutaire pour calmer mes angoisses devant ces montagnes impressionnantes.

Le jour suivant, il nous a fallu près de douze heures pour monter à plus de mille quatre cent cinquante mètres d'altitude et passer le col de Lepoeder, là où l'empereur Charlemagne aurait supposément planté une croix. Nous avons adhéré à la tradition et avons planté la nôtre en pensant à tous les êtres que nous aimons. Puis nous avons franchi la frontière espagnole marquée par des barbelés, même en ces temps modernes. Nous avons atteint Roncevaux à la brunante, les jambes en compote, l'estomac creux mais le cœur rempli de joie et de fierté. Pour la première fois de ma vie, petit pas par petit pas, j'avais vaincu ma phobie des montagnes. Pendant un dîner copieux composé de jambon de Bayonne, de confit de canard et d'une tarte aux amandes – les Européens et leur bonne cuisine ! –, mon intellectuel de mari, sourire aux lèvres, m'a cité une phrase de Louis Aragon, admirable dans les circonstances : « Il faut regarder le néant en face pour savoir en triompher. »

Les trois étapes suivantes ont été ponctuées de montées vertigineuses et de descentes escarpées, mais je n'avais plus peur. J'avais confiance en mon corps et en ma capacité à continuer le chemin jour après jour. Le troisième jour, l'étape a été courte et a permis une longue visite de la ville de Pampelune – qui tient son nom de Pompée. Nous avons pris de nombreuses photos des sites historiques et des rues de la ville.

Je vous laisse en vous disant que ce matin, en quittant Pampelune vers Puente La Reina, nous avons franchi une montagne truffée d'éoliennes. Sur le bord de la route, il y avait une pancarte qui proclamait : « Le chemin du vent croise celui des étoiles. » Je vous entends crier en chœur : « Rapport, mom ? »

Gros bisous à tous et immenses câlins à nos petits-enfants,

Justine et Pierre

xxx

***

Date : Santo Domingo de la Calzada, le 10 octobre 2008

À : Parents et amis

Café Internet… Pierre a mal aux orteils, et moi, au dos… Petits vieux, va ! En route vers Belorado, où nous coucherons ce soir (probablement). Prochain gros arrêt : Fromista, dans environ six ou sept jours, où nous prendrons une journée de repos (probablement).

Deux petits vieux qui vous aiment,

xxx

***

Date : Fromista, le 17 octobre 2008

À : Tous les enfants et amis

Wow ! Ça y est ! Nous avons marché la moitié du chemin, soit environ quatre cent quarante kilomètres sur huit cent quatre-vingt-deux. Tapez la main de mamie et de papi, mes chers petits-enfants dont je m'ennuie tellement.

Brigitte, je viens d'ouvrir ton beau courriel. Merci de tes encouragements et des nouvelles des autres membres de notre belle famille.

Je laisse maintenant le clavier à Pierre qui désire vous décrire le chemin avec son cœur d'ex-professeur de littérature.

Après plus de vingt-cinq jours de marche, on peut maintenant vous dire ce qu'est le chemin. Ce n'est pas uniquement marcher dix heures par jour, jour après jour. C'est une foule de détails que mille mots ne sauraient décrire, que mille photos ne sauraient illustrer avec justesse…

Le chemin, oui, c'est marcher… C'est marcher sur des routes asphaltées, sur des routes de gravier, des routes de terre, des routes de pierres construites par les Romains il y a deux mille ans, des sentiers battus, des sentiers de montagne et dans des champs sauvages.

C'est aussi traverser des ruisseaux et de nombreux cours d'eau. Je découvre que le cours d'eau n'est plus seulement un paysage à regarder ou un son à écouter, c'est aussi un endroit pour s'abreuver, pour laver son linge – quelle joie ! –, pour soulager ses pieds enflés. C'est aussi traverser des passages escarpés – presque de l'escalade, dans certains cols des Pyrénées –, des ponts millénaires ou modernes, des passerelles élevées et branlantes, voire peu sécuritaires, des forêts sombres et peu avenantes.

Le chemin, c'est découvrir des paysages uniques à chaque détour, des paysages qui vous jettent par terre, d'autres qui calment ou stimulent, des paysages qui vous rappellent mille et une choses. C'est des levers de soleil indescriptibles, quand on part tôt le matin parce que l'étape sera très longue, et tous les soirs, quand il ne pleut pas, des couchers de soleil qui vous enflamment le cœur et les pensées. C'est aussi des brouillards, des pluies torrentielles, parfois quelques flocons de neige et, le lendemain, un soleil brûlant…

Le chemin, c'est traverser des villes, des villages, des hameaux, des bourgs de quelques maisons où les habitants vous saluent et vous offrent à boire, quand ce n'est pas une baguette de pain ou un saucisson tendus, les yeux remplis de générosité et parfois d'admiration.

C'est aussi la visite de lieux historiques. On admire des églises et des chapelles édifiées il y a si longtemps, et aussi des châteaux, des forteresses, des citadelles, des sanctuaires, des monastères construits au XIIe siècle et des murailles grandioses. On voit des places publiques remplies de touristes ou de villageois et des kiosques débordant de souvenirs et de babioles.

Le chemin, c'est les pieds du pèlerin, sujet de préoccupation de tous les instants, c'est les bottes et les chaussettes mouillées, les vêtements dégoulinant de sueur ou d'une pluie qui vous surprend avant que vous ayez eu le temps de revêtir votre imper, la fatigue, le mal de dos, le sac à dos qui pèse une tonne, les jambes qui refusent d'avancer, les larmes devant la montagne à franchir pour arriver à l'étape suivante.

C'est aussi la peur du berger allemand qui approche en aboyant, la peur des voleurs qui s'emparent de vos bagages dès que vous tournez le dos lors d'une pause, la peur d'attraper un coup de froid et celle de ne pas se rendre à destination.

C'est parfois les dortoirs puants, les lits inconfortables, les punaises de lit – nous n'en avons pas encore trouvé –, les dormeurs bruyants – je vous épargne la description de tous les bruits qu'on peut entendre pendant une nuit –, les repas froids, les fromages moisis qu'on tente de vous servir comme produits uniques du terroir, les auberges qui s'annoncent à l'entrée de la ville et qui se trouvent à quatre kilomètres plus loin et celles qui n'ont plus de place, plus de lits disponibles, sauf un tapis devant l'âtre... Oui, oui ! Tomber mort de fatigue et s'endormir devant un feu de foyer, il faut le faire !

Le chemin, c'est avant tout marcher à la rencontre de soi, de ses désirs, de ses peurs, de ses fantasmes, de ses rêves et de son destin. C'est marcher à la rencontre de l'histoire, et surtout de son histoire personnelle. C'est marcher à la rencontre des autres, des marcheurs qui jasent sans arrêt ou qui avancent en groupe en chantant des chansons folkloriques ou des chants religieux. C'est aussi des marcheurs parfaitement silencieux qui se contentent d'un hochement de tête comme échange pour toute la journée ou encore des marcheurs québécois tels les Dumontier de Gatineau ou les Labrecque de Montréal, deux couples de notre âge qu'on reverra sûrement à notre retour au Québec.

C'est aussi la rencontre de clochards dont la route s'est arrêtée dans le bistro d'un village et la lecture des messages laissés par des marcheurs un peu partout sur des babillards, sur des murs, dans les salles de bain, gravés sur les clôtures, les arbres ou tout bout de bois qui devient une petite croix. Le chemin, c'est des milliers de petites croix aux caractères souvent illisibles !

C'est aussi les soupers de groupe, les veillées passées à discuter avec des marcheurs de toutes les nationalités, des confidences très intimes avec des personnes que vous ne reverrez jamais, des prises de bec avec des chambreurs un peu éméchés – sans doute une journée fatigante que le verre de vin a mal conclue –, des fous rires avec des Japonais qui ne parlent ni français ni anglais, des soirées avec des conteurs d'histoires durant lesquelles vous avez mal au ventre à force de rire, et aussi des kilomètres avec des fanatiques religieux de tout acabit – de quoi vous guérir à tout jamais de ces croyances populaires parfois infantiles. Loin de moi l'idée de discréditer le cheminement spirituel de bon nombre de marcheurs… Certains parlent de la victoire du spirituel sur le matériel… Malgré tout, l'objet fétiche de tout ce voyage demeure notre bâton de pèlerin que nous ramènerons sûrement dans nos bagages.

Le chemin, c'est marcher à la rencontre de l'humanité, c'est arrêter de marcher pour venir en aide à quelqu'un dans le besoin, quelqu'un de malade ou tout simplement découragé. C'est moi qui porte le sac de ma blonde pendant quelques kilomètres ou même le sac d'une dame qui s'est foulé la cheville ; c'est la parole réconfortante à un marcheur assis sur le bord de la route, c'est la poignée de main chaleureuse, les accolades qui n'en finissent plus lors de la fin d'une étape.

Le chemin, c'est la rencontre de la fraternité humaine.

Je reprends le clavier. Je trouve que mon chum a bien exprimé ce que nous pensons tous les deux de notre expédition.

Voilà, mes enfants et amis, ce qu'est le chemin. Nous repartons demain matin. Je vous écrirai dans quelques jours, probablement une fois rendus à León.

Gros bisous à tout le monde !

Justine et Pierre

xxx

***

Date : León, le 23 octobre 2008

À : Margot

Salut ! Nous venons d'arriver dans une ville d'importance sur notre chemin, là où se situe une des plus majestueuses cathédrales gothiques du monde, la Santa Maria de la Regla, construite au XIIIe siècle. León est une cité industrielle et on a failli se faire heurter en traversant le pont de Villarente, près de la Nationale, à l'Alto del Portillo, où il y a beaucoup de circulation. Nous avons eu très peur ! Un manque d'attention de notre part ?

Ce petit incident nous enseigne qu'il serait sage de s'arrêter une journée pour se reposer et visiter les sites historiques de cette ville. Comme tous les voyages de notre vie, intellectuels ou physiques, ça se vit une journée à la fois. On est toujours pressés de connaître le lendemain. Pourtant, au moment où on s'y attend le moins peut arriver la catastrophe ou la joyeuse surprise.

Grosses bises de León,

Justine

xxx

***

Date : León, le 24 octobre 2008

À : Olivier

Allô, mon cœur ! J'espère que tu vas bien et que tu te remets de ton été difficile. Sinon tu vas y arriver, j'ai confiance. Je voulais juste te dire que nous allons bien, malgré une tonne de petits bobos. J'ai pensé à toi ce midi lorsque j'ai entendu un magnifique solo de trompette sur une petite place nommée Plaza del Grano, près de l'église Santa Maria del Mercado.

Pendant que nous mangions un sandwich, un musicien jouait sur la galerie d'une minuscule maison ancestrale alors que quelques artistes peignaient sur le parvis de l'église. Le temps était superbe! Je me suis demandé si tu jouais encore de ton instrument?

Je t'aime,

Maman

xxx

***

Date: Molinaseca, le 29 octobre 2008

À: Tous nos amis

Le chemin est évidemment parsemé de fanatiques religieux. Nous avons rencontré une femme qui récite trois rosaires chaque jour, et un couple d'Australiens qui ne parle que de Dieu et de foi qui peuvent nous sauver. Aucun autre sujet de discussion n'est possible. Plus tard, nous avons jasé avec un homme qui pleurait sa femme décédée dix ans auparavant. Il a répété plusieurs fois que «Dieu désirait une vie de solitude pour lui». Et hier, en fin de journée, nous avons dépassé un homme qui parcourt le chemin à genoux. Décidément, plus on se rapproche de Saint-Jacques-de-Compostelle, plus la ferveur religieuse est enflammée.

P.-S. – La nuit dernière, l'hôtel était vraiment inconfortable. J'ai hâte de me retrouver dans un bon lit chaud.

Amicalement,

Justine

xxx

***

Date : Barbadelo, le 3 novembre 2008

À : Tous les enfants et amis

Nous approchons de notre destination finale… Encore cent dix kilomètres, soit une semaine de marche. Tout va bien ! Nous sommes à nouveau dans les montagnes, marchant parfois dans une brume épaisse et, en même temps, sentant le vent de l'Atlantique. Ambiance bizarre !

Les cent cinquante-cinq derniers kilomètres sont marqués d'une borne, et le décompte est noté chaque cinq cents mètres sur des pierres taillées en forme de petits menhirs, le tout porteur de la symbolique coquille Saint-Jacques. La dernière borne, celle du kilomètre 0, sera la cathédrale de Compostelle. On a tellement hâte d'y toucher… Le passage devant chaque coquille augmente notre joie alors que les kilomètres restants diminuent…

Nous espérons que tout le monde se porte bien.

À bientôt!

Deux pèlerins non convertis mais fiers du parcours accompli,

Justine et Pierre

xxx

* * *

Date: Argua, le 6 novembre 2008

À: Margot

Salut, mon amie… J'espère que tu vas bien. Plus que trois jours de marche! J'ai peine à croire que nous avons franchi tous ces kilomètres en six semaines.

Je te raconte une tranche de vie vécue il y a quelque temps. Le genre de trucs que je ne raconte qu'à toi.

Pierre et moi avions marché trente kilomètres. Nous avions trouvé deux places pour dormir dans un grand dortoir malodorant. Petit détail quelque peu répugnant: on avait dû partager la salle de bain plus ou moins propre avec des gens plus ou moins propres aussi. Craignant les voleurs, épuisés par cette longue journée de marche, nous nous étions couchés tôt. Dans la noirceur qui tombait, Pierre m'a tout à coup agrippé le bras. Il portait encore son bandeau sur la tête, et son visage était très bronzé. Je distinguais ses sourcils gris dans la pénombre. La vision était digne d'un film de suspense. Il m'a dit :

— Justine, as-tu retrouvé ta confiance en moi ?

Je ne comprenais pas la question, posée en un tel lieu et au beau milieu de la nuit sur notre chemin de Compostelle.

— De quoi parles-tu ?

Sans autre commentaire, nous étions sortis dehors. Il devait faire vingt degrés – ce qui est chaud pour cette période – et aucun vent ne soufflait.

— Je parle de ta cachotterie sur ta santé et de mon batifolage avec Mylène.

Pendant plusieurs secondes, nous nous étions regardés dans les yeux, en silence. Complètement vidés par la journée de marche, nous pleurions tous les deux, nous demandant ce qui nous arrivait.

Je lui ai dit :

— Bien sûr que je ne te cache plus rien ! C'est arrivé une seule fois. Tu sais… j'avais besoin de vivre cela sans toi… Et puis tu es tellement protecteur. Je t'aime et, oui, j'ai pleinement confiance en toi ! J'ai oublié Mylène et ton attitude inappropriée avec elle.

Pierre était émotif. Il n'avait vraiment pas apprécié mon secret. Pour la énième fois, il m'a expliqué qu'il s'était permis de s'amuser un peu avec Mylène, sans raison précise. On a discuté longuement avant de retourner se coucher. Et là... Pendant presque une heure, trop fatigués, on a eu l'un de ces fous rires incontrôlables. Comme en colonie de vacances quand on était ados. De vrais cinglés ! On avait peur de réveiller les autres... Finalement, c'est la cloche qui nous a réveillés avant le petit-déjeuner.

Cette nuit-là fut une expérience de couple, un renouvellement de notre confiance réciproque, pure et forte. Le lendemain matin, nous avons entrepris une autre journée de marche exténuante avec l'esprit et le cœur en paix.

À bientôt, ma chère. Il se peut que je ne te redonne des nouvelles qu'à mon retour à Québec.

Merci de lire mes folies !

Justine, ton amie qui t'aime,

xxx

***

Date : Aéroport de Santiago de Compostela, le 11 novembre 2008

À : Tous les enfants, parents et amis

OUI ! OUI ! OUI !

Nous sommes enfin arrivés à Saint-Jacques-de-Compostelle avant-hier, sur l'heure du midi. Un périple de quarante-huit jours de marche, huit cent quatre-vingt-deux kilomètres dans le corps. Un bâton de marche, deux paires de bottines chacun, des douzaines d'ampoules, des centaines de villages et bourgs traversés, des milliers de marcheurs croisés, des millions de pas posés un par un et des milliards d'étoiles entrevues dans la voûte céleste française et espagnole.

Assis devant la cathédrale sur la Plaza de la Quintana, silencieux, nous ressentions une étrange nostalgie. Le rêve se terminait là ! Incroyable ! Au bord des larmes, nous nous demandions quoi faire : chercher une chambre, visiter la cathédrale, rendre un hommage au tombeau de saint Jacques, prendre un repas et une bonne nuit de sommeil avant de visiter les lieux ou encore aller chercher notre compostela, le diplôme officiel attestant notre réalisation du pèlerinage de Saint-Jacques-de-Compostelle ?

Après quelques minutes, nous avons opté pour un repas dans un bistro alors que les cloches appelaient les pèlerins à la messe quotidienne. Puis nous sommes allés nous délester de nos bagages dans une chambre d'hôtel confortable et nous avons pris une longue douche chaude et ravigotante. Nous sommes aussitôt tombés de fatigue dans un bon lit et avons dormi jusqu'au lendemain matin.

Hier, nous avons visité les principaux lieux saints, Pierre ayant réussi à réserver deux places sur un vol pour Paris aujourd'hui. Compostela en main, nous philosophions un peu, réalisant que l'important n'est pas de toucher le but, mais plutôt le chemin en soi. Il nous faudra des mois pour prendre la vraie mesure de tous ces pas, de tous ces kilomètres franchis. Un premier constat saute aux yeux : notre couple a survécu. « Un baiser sur la plaza à Compostelle vaut sûrement dix messes dans la cathédrale ! » C'est une réplique de Pierre justifiant son refus d'assister aux offices sacrés.

Nous resterons à Paris quelques jours. Nous flânerons sur le bord de la Seine avant de rentrer par le vol hebdomadaire Paris-Québec. Nous vous embrassons et avons très hâte de vous serrer dans nos bras.

Nous vous aimons très fort,

Pierre et Justine

xxx

Chapitre 17

Octobre 2010.

Deux années avaient passé ! À leur retour de Compostelle, Pierre et Justine avaient vécu une période de douce tranquillité en se gavant de lectures, de films, de dîners avec les amis et de marches de santé. Ils avaient continué de développer leur intérêt pour la musique, y consacrant plusieurs heures par semaine.

Ils avaient organisé quelques soirées de visionnement de photos de leur périple à Compostelle. Que ce soit avec la famille ou les amis, les discussions s'animaient et rappelaient de beaux souvenirs ainsi que plusieurs anecdotes. Cependant, le couple ne pensait pas reprendre ce chemin de sitôt : trop dur pour les pieds, trop long, trop de promiscuité dans les auberges ou les dortoirs. Une expérience extraordinaire à vivre, une seule fois dans la vie.

Avec le temps, le couple était devenu plus sage. Était-ce l'âge ? Quelques signes ne mentaient pas : visites médicales plus fréquentes, vitamines et antioxydants au menu, examens ophtalmologiques et lunettes en permanence, recherche de repas encore plus diététiques, robes moins courtes pour Justine et abandon des décolletés. Tout en s'occupant de leurs petits bobos, ils allaient relativement bien et constataient que plusieurs de leurs amis développaient des maladies reliées à l'âge. Cet âge, pas le premier ni le second mais bien le troisième, celui qui formait maintenant une classe sociale bien définie par les chercheurs et autres vendeurs de revues supposément spécialisées.

— On met toutes les chances de notre côté, disait Justine qui prenait très au sérieux ses nouvelles séances de yoga.

Plus le temps passait, moins l'Auberge Inn se remplissait. Les enfants étaient tellement occupés ou alors à l'extérieur de la ville qu'il ne restait que le dimanche soir pour créer des réunions familiales. Et encore… Le couple naviguait entre l'idée de vendre la maison pour s'installer confortablement dans un condo et le désir de maintenir cet ancrage familial créé lors de la fusion des deux familles.

Justement, en cette première journée d'octobre, la famille reconstituée agrandie avait rendez-vous à Kamouraska. Brigitte et Arnaud pendaient officiellement la crémaillère. Ils voulaient aussi fêter le lancement d'un nouveau fromage. Le couple avait poursuivi son projet de retour à la terre. Il avait acheté il y a un an une fermette avec fromagerie adjacente, le tout sur un immense terrain battu par les vents du fleuve.

La façade donnait sur la route 132 et des peupliers géants bordaient l'entrée principale. Toute bleue, volets brun chocolat et toit en pignon prononcé, la demeure à deux étages était ancienne et avait été rénovée une dizaine d'années auparavant. La fromagerie avoisinait la maison et deux autres bâtiments servaient au rangement à l'arrière. Quelques feuillus les entouraient. Arnaud et Brigitte étaient très heureux de leur acquisition. Cet été, ils avaient profité des deux vérandas, dont celle située à l'arrière avec vue sur le fleuve. Une longue plaine séparait la maison de l'eau.

La petite famille s'adaptait bien à la vie à la campagne. Brigitte avait facilement trouvé un poste à la commission scolaire locale, Léo fréquentait la garderie du village et Arnaud passait tout son temps à la fromagerie. Brigitte avait même recommencé à suivre des cours de chant. Plusieurs lui disaient qu'elle pourrait devenir une grande chanteuse. Pour l'instant, son nouveau travail et la maisonnée la comblaient amplement.

À dix heures du matin, Brigitte surveillait les enfants en astiquant les comptoirs de la grande cuisine.

— Quand est-ce qu'ils arrivent, les cousins et les cousines, papi, mamie et tout le monde ? demanda Simone qui confectionnait des colliers avec des graines de citrouille séchées.

— Oh ! Ils devraient être là vers seize heures, après la sieste de Léo. Ça te laisse le temps de finir tes colliers, et à moi, de couper les fruits et les légumes qui accompagneront les viandes, le fromage et le pain.

— Surtout le fromage de papa, hein, maman ?

— Bien sûr, Léo !

La journée était très ensoleillée, mais plutôt fraîche. Incontestablement, l'automne était aux portes. Brigitte et Arnaud prévoyaient tout de même disposer des tables dehors, aidés par les premiers arrivés. Assisté du voisin, Arnaud avait installé un éclairage artisanal entre la fromagerie et la maison, et aussi des lanternes chinoises dans le coin repas sur le gazon. Cependant, à la tombée du jour, le froid en découragerait sans doute quelques-uns.

Des ballons multicolores dansaient dans le vent et un panneau *Bienvenue*, sculpté dans du bois et entouré de fleurs séchées, enjolivait la porte avant. Il s'agissait d'une nouvelle acquisition de Brigitte chez un antiquaire des environs.

— Poussez-vous, les enfants ! cria Brigitte. Papa arrive avec une grosse boîte !

— Maman, est-ce que Pénélope voudra se sauver quand il commencera à faire noir ? demanda naïvement Simone.

— Mais non, mon cœur ! répondit sa mère en lui passant la main dans les cheveux. Tu es une petite coquine ! Tu sais bien que ta cousine ne se sauve plus.

Depuis deux ans, chaque fois qu'il y avait un *party* de famille, Simone en remettait. Brigitte, qui travaillait auprès d'enfants en difficulté, soupçonnait sa fille de culpabiliser encore à propos de la fugue de Pénélope. Les enfants camouflaient souvent leur anxiété, qui finissait toujours par les rattraper d'une façon ou d'une autre. Dans le cas de Simone, l'interrogation au sujet de Pénélope revenait avant chaque fête. Brigitte se dit que sa fille avait simplement besoin d'être rassurée. La preuve : Simone avait déjà oublié sa question. Elle lui décrivait de quelle couleur elle voulait colorier les cheveux de sa princesse.

— Pas mauve, pas violet, pas rose non plus. Peut-être les trois couleurs mêlées. Ça se peut, hein, maman ?

— Oui, ça se peut, ma chérie ! Même que j'adore ça, les cheveux de cette couleur.

Toute souriante, Simone repartit en protégeant son dessin de ses deux bras. Son petit frère était tout près, et il était parfois trop curieux. Quand Léo voulait s'emparer des dessins de sa sœur aînée, il devenait agité et maladroit.

— À quelle heure Paul et Zoé partent-ils de Montréal ? demanda Arnaud à sa douce.

— Ils devaient passer la nuit chez *mom* à Québec. Zoé était nerveuse de parcourir un si long trajet, et je la comprends. Elle est quand même rendue à trente-huit semaines de grossesse, la belle.

— Heureusement, elle a une super grossesse ! reprit le mari. Elle n'a aucun problème.

— D'où tu tiens ça, toi ? Tu as l'air au courant… Pourtant, on ne les a pas vus depuis les fêtes.

— Paul nage dans le bonheur sur Facebook. Il y laisse des commentaires régulièrement.

— Non mais c'est spécial, leur affaire ! marmonna Brigitte. Il y a deux ans presque jour pour jour, Paul est venu seul au *party* d'été des parents et Zoé était en Europe. Ils étaient presque séparés parce que mon frère tenait mordicus à avoir des enfants et qu'elle, elle n'arrivait pas à se décider…

Brigitte épluchait des concombres et coupait des poivrons pendant qu'Arnaud triait les denrées livrées par l'épicier du coin devenu un ami et conseiller en matière de bouffe.

— Qu'est-ce qui a décidé Zoé à vouloir des enfants ? demanda Arnaud.

— Tiens, ce n'était pas sur Facebook ? le taquina Brigitte.

— Eh non, ma chérie ! Mais ça me revient maintenant. J'avais eu l'info de Zoé elle-même sur Twitter.

— Toi, mon anti-nouvelle technologie, tu es accro à Facebook et Twitter maintenant ? lança Brigitte en riant.

— Tu sais très bien que je navigue sur les réseaux sociaux depuis l'ouverture de la fromagerie, répliqua Arnaud sur un ton légèrement offensé d'avoir été pris en défaut.

Le changement de cap de Zoé s'était amorcé dans l'avion, à son retour d'Europe. Elle était littéralement tombée sous le charme d'un bébé de six mois installé sur son père, son voisin de siège. Quelques mois plus tard, la belle y avait vu un signe.

Zoé et ses signes ! Cette fille était portée par les messages que la vie semblait lui livrer. Ce jour-là, l'intellectuelle Zoé lisait une œuvre de Milan Kundera. Son cœur s'était emballé devant une phrase tout simplement écrite pour elle : *Si j'ai un enfant, c'est comme si je disais : je suis né, j'ai goûté à la vie et j'ai constaté qu'elle est si bonne qu'elle mérite d'être multipliée.*

Arnaud continua la jasette en rangeant les charcuteries au frigo.

— De toute façon, rappelle-toi comment étaient tes frères il y a deux ans.

— C'est vrai que c'est l'été où Olivier est allé en thérapie, répondit Brigitte.

— Encore beau que ta mère n'ait pas annulé son pèlerinage à Compostelle ! Elle avait tellement de peine pour Paul et Olivier.

— Oui. Mais c'était leur grand projet de couple à tous les deux. Ils en rêvaient depuis des années. De plus, maman ne pouvait pas régler leurs problèmes.

Quelqu'un frappa à la porte. Émilie, la voisine, se présenta avec un panier de victuailles. Elle était au courant de la fête et voulait faire connaître ses produits, si Brigitte et Arnaud étaient d'accord. Des pommes du verger, des tomates et des brocolis du jardin, le tout bio et sans OGM. Des pots de marinades et de betteraves maison complétaient le cadeau.

— Tu es donc bien fine ! la remercia Brigitte.

— C'est dans notre intérêt. On ne sait jamais… Regarde ce qui arrive au fromage d'Arnaud.

— Qu'est-ce qui nous arrive, papa ? s'enquit Léo du haut de ses trois ans et demi.

— Je vous laisse, déclara la voisine. Rémi a promis aux enfants d'aller magasiner à Québec. Des adolescents, c'est plus exigeant, vous verrez !

Brigitte était estomaquée par la générosité et la solidarité de ses voisins. On voyait cela souvent à la campagne.

Il était onze heures quand elle rangea ses ustensiles et profita d'un moment de répit pour se préparer un café et téléphoner à Québec. Depuis sa conversation avec Arnaud, elle se demandait si Paul et Zoé étaient bien allés dormir à l'Auberge Inn.

— *Mom*, c'est moi !

— Allô, ma chérie ! Pas trop dans le jus ?

— Tant que les enfants s'occupent, Arnaud et moi, nous avançons. Je voulais des nouvelles de Paul et Zoé.

— Ils sont ici depuis hier soir. Nous prendrons la route pour Kamouraska après la sieste de Zoé, soit vers quatorze heures.

— Ah ! Zoé fait la sieste ?

— Elle a de fausses contractions depuis deux semaines. Lorsqu'elle se repose régulièrement, elle en a moins, semble-t-il.

— C'est quoi, déjà, la date prévue pour l'accouchement ? demanda Brigitte en s'étirant pour prendre un biscuit dans la jarre qui trônait au milieu de la table de cuisine.

— Le 17 octobre, ma chérie. Il lui reste seize jours et, en la voyant, on comprend qu'elle est mûre. Elle a une belle grosse bedaine. Ce matin, elle porte un t-shirt blanc qui moule son bedon.

— Empêche-la d'accoucher aujourd'hui, *mom* ! plaisanta Brigitte en riant. On veut toute la famille sur la photo officielle du premier *party* de Kamouraska. Le lancement de l'Arnaudraska, il ne faut pas manquer ça !

— Rassure-toi, tu auras tout ton monde. C'est son premier bébé, et il n'y a aucun signe sérieux pour l'instant.

— Et toi, maman, tu vas bien ?

— Oui, ma chouette ! J'ai tellement hâte de vous voir. Je m'ennuie vraiment de Simone et Léo. On dirait que je ne les ai pas vus depuis une éternité. Mais n'en fais pas trop ! On t'aidera en arrivant.

— Ce n'est pourtant pas Pierre et toi qui vous ménagez quand on débarque chez vous, ironisa Brigitte.

— Oui, mais nous, nous n'avons plus d'enfants à la maison.

— Ah ! Vous avez seulement des rhumatismes, c'est ça ? *Mom*, n'oublie pas d'apporter du linge chaud pour ce soir. Le vent du fleuve est de plus en plus frisquet. Bye-bye ! On vous attend !

Justine raccrocha en admirant, par la grande fenêtre, le paysage à couper le souffle. Le soleil plombait sur le fleuve, y semant des millions de diamants, alors que les arbres arboraient mille teintes rougeoyantes. C'était une journée magnifique. Elle vit Rose qui garait sa petite Mercedes dans l'entrée. La jeune femme s'était procuré cette voiture l'année précédente.

Après sa dépression et ses retrouvailles avec Maryse, elle avait repris avec Julien. Ils avaient emménagé ensemble dans leur maison et retrouvé la paix. Redevenus les amoureux d'autrefois, il avait même été question d'un deuxième enfant. Pénélope avait rapporté le potin à Pierre. Rêvait-elle tout haut ou ses parents en avaient-ils vraiment parlé ?

Malheureusement, Julien avait encore une fois trébuché : voyage d'affaires, tricherie passagère, cas classique de note d'hôtel oubliée dans une poche de chemise. Cette fois, la discussion avait été brève et les promesses du fautif, ignorées. Sans hésiter, Rose avait pris les choses en main. Un pot cassé demeurait toujours fragile. Fini la dépression, fini les compromis. Leur mariage était terminé, point à la ligne !

En juillet 2009, Julien était venu faire un tour à l'Auberge Inn et avait annoncé son divorce. Depuis septembre, le couple vivait séparé et Pénélope effectuait de nouveau la navette entre papa et maman. Pour faciliter les déplacements, les deux parents habitaient dans le même quartier. Rose avait déménagé dans un luxueux condo de Sillery. Chargée de cours à la Faculté des sciences infirmières, elle parcourait parfois le trajet à pied. Pour démontrer sa pleine autonomie, elle avait suivi une suggestion de Maryse et s'était gâtée en s'achetant une voiture de luxe.

De son côté, Julien louait un appartement, avenue Maguire. Il travaillait très fort, s'entraînait régulièrement et passait souvent prendre un café à l'Auberge Inn. Depuis quelques semaines, il rencontrait une psychologue pour comprendre son besoin de butiner une nouvelle fleur chaque fois qu'il trouvait la vie trop fade.

Justine courut au-devant de Rose. Celle-ci était accompagnée de Maryse et Pénélope. Paul et Zoé sortirent sur la galerie et s'approchèrent.

— C'est notre dimanche de filles, dit Pénélope à Justine.

Depuis le divorce de Rose et Julien, les trois filles passaient effectivement plus de temps ensemble. Le dimanche, elles élaboraient un programme d'activités selon la température et terminaient la journée par un petit gueuleton chez Maryse et Jean-Yves. L'homme aimait de plus en plus son rôle de grand-papa. Il s'était attaché très vite à Rose et à Pénélope qui ressemblaient toutes les deux à Maryse. Il aimait voir sa douce heureuse en leur compagnie. Il les appelait « ses princesses ».

Pénélope sauta dans les bras de Justine. Tout le monde s'embrassa. Rose tâta le ventre de Zoé et s'exclama :

— Oh ! Il s'en vient, ce bébé-là ! Je ne suis pas certaine qu'il va rester encore quinze jours dans son nid. Vous devez avoir hâte !

— En tout cas, cette petite est très attendue ! répondit Paul, la mine réjouie, tout en prenant Zoé par les épaules. Nous avons visité la salle d'accouchement avant-hier à l'hôpital Notre-Dame.

— Ça nous a rassurés, précisa la future maman.

— On a magasiné les derniers articles le même jour, indiqua Paul d'une voix accablée. Tu sais, les trucs de pharmacie, les couches, les savons, les poudres et tout le tralala… Je n'aurais jamais cru qu'un si petit être avait besoin de tant de choses.

— Arrête de te plaindre, mon chéri ! lança Zoé. C'est moi qui ai magasiné tout le reste.

— Bien sûr ! Mais tu t'ennuyais et tu tenais à te charger de cette tâche.

Au bureau, Zoé avait ralenti le rythme depuis le début de l'été. Elle bénéficiait donc de beaucoup de temps libre. Collés l'un contre l'autre, les futurs parents semblaient épanouis.

— Justine, tu ne trouves pas qu'ils ont l'air malheureux, ces deux-là ? blagua Rose.

— Oui ! Moi aussi, je trouve qu'ils paraissent déprimés ! plaisanta Justine.

L'atmosphère était à la bonne humeur. Pierre annonça qu'il allait se promener sur la plage avec Pénélope avant le dîner. Au début de l'automne, les canards étaient matures et se promenaient en groupe, les colverts pavoisant de toutes leurs couleurs. En quête de nourriture, ils osaient même s'approcher des marcheurs.

Pénélope se dandinait sur place tant elle avait hâte de partir avec son papi.

— Apportez des chandails, dit Justine. Ce midi, il vente en bas.

— Ah ! Le vent ! À soixante-deux ans, on pense à ça, hein, ma chérie ? la taquina Pierre.

Maryse prit le parti de son amie :

— C'est vrai que le vent dérange. Justine vous prévient pour vous éviter de devoir revenir.

Chandails sur les épaules, Pierre et Pénélope prirent l'escalier en croquant une pomme. Justine insista pour que Maryse et Rose dînent avec eux. Ils prendraient tous la route pour Kamouraska vers quatorze heures. Maryse sortit de la nourriture du coffre de la voiture, car elle tenait à contribuer.

— En fait, on avait pensé manger ici ou pique-niquer. On ne voulait pas vous déranger.

Paul et Zoé se balançaient sur la galerie. Justine et Maryse entrèrent à l'intérieur.

— Tes Montréalais ont l'air décontractés, dit Maryse.

— C'est bien qu'ils se reposent un peu, dit Justine. Ils mènent tellement une vie de fou dans la grande ville.

Rose vint les retrouver. Elle demanda si Julien venait toujours seul au *party* de Kamouraska. Brigitte l'avait personnellement invitée ainsi que Maryse. « Julien est encore célibataire », avait précisé Brigitte. Rose avait accepté avec joie lorsqu'elle avait constaté que la date tombait justement sur une fin de semaine de filles.

Dès le retour de Pierre et Pénélope, ils se mirent tous à table. Naturellement, pendant le dîner, la gamine leur dit qu'elle avait hâte de voir son papa et ses cousines.

— À la fête chez Brigitte, ce sera comme avant ! Papa et maman seront là, mais en plus, il y aura grand-maman Maryse.

— Es-tu sûre, ma chérie, que papa n'a pas une amie ? insista Rose.

Pour rassurer la jeune femme, Pierre ajouta son grain de sel avant que Pénélope réponde :

— Mon Julien m'a dit qu'il viendrait là-bas seul, comme un seul homme !

Pénélope rit de toutes ses dents, exhibant une cavité bien visible – qui avait été récompensée par la fée des dents. Rose fit un clin d'œil à Pierre. Puis, mine de rien, elle déclara à l'intention de sa fille :

— Pénélope, prends ta serviette et essuie ta moustache de lait. Ferme ta bouche quand tu manges, mon amour.

Bonne enfant, Pénélope s'exécuta avant d'opter pour un autre sujet.

— Mamie, quand je serai grande – une adulte, je veux dire –, j'aimerais ouvrir une boutique de vêtements pour filles. J'ai une collection de dessins de robes et de chapeaux qui est déjà prête. Je te les montrerai quand tu viendras à la maison.

Fières de la petite, Rose et Maryse souriaient. Dernièrement, elles avaient été impressionnées par les dessins de Pénélope, et surtout par sa patience lorsqu'elle les exécutait. Il est vrai que Rose adorait les tissus, les couleurs et même l'odeur de certains vêtements. Telle mère, telle fille…

— Serais-tu capable de dessiner des robes pour les futures mamans comme moi ? demanda Zoé en affichant sa bedaine.

L'air gêné, la jeune artiste lança un « hummm ! » avant de s'écrier :

— Oh non ! Je ne saurais pas comment !

Rougissante, elle ajouta :

— C'est que tu es vraiment très grosse…

C'est aux sons des rires de la tablée que Justine arriva avec sa traditionnelle croustade aux pommes et la crème glacée.

Vers quatorze heures, ils quittèrent tous la maison en même temps. Trois voitures se suivirent vers Kamouraska.

Chapitre 18

Dès Saint-Romuald, Zoé se rendit compte qu'elle avait oublié sa bouteille d'eau. Paul décida de prendre la prochaine sortie pour en acheter une. Pierre et Justine continuèrent leur route sans s'en apercevoir, suivis de Rose, Maryse et Pénélope dans l'autre voiture.

Quelques minutes plus tard, à l'entrée de Beaumont, Zoé ressentit de fortes contractions.

— Ce sont des vraies, Paul, je t'assure ! Ce n'est pas comme d'habitude, je le sens !

— Comment ça ? Tu veux dire que…

Le temps d'éteindre la radio afin de bien entendre les explications de sa blonde, Paul vit un liquide couler le long du siège de Zoé. La jeune femme cria :

— La poche des eaux vient de rompre. Range-toi, Paul ! Ça se répand partout.

— Mais ce n'est pas la date prévue ! s'énerva Paul.

— Non, mais c'est ça quand même ! riposta-t-elle. Regarde-moi !

Zoé avait le jeans et le bas du t-shirt trempés, et ça continuait de dégoutter des deux côtés du siège. Paul sentit les battements de son cœur s'accélérer. Il quitta l'autoroute et s'arrêta pour discuter de la marche à suivre.

— Chéri, on dirait que je suis rendue aux cinq minutes, dit Zoé. En tout cas, ça fait deux fois de suite.

— Je crois qu'il faut faire demi-tour et filer à Montréal, répliqua Paul. Nous y serons plus en sécurité.

— Paul, Montréal est trop loin ! Va pour Québec ou Montmagny, pas plus...

Zoé cessa de parler. Elle était maintenant crampée de douleurs. Elle nageait dans le liquide amniotique, écartait les jambes, grimaçait en tentant de faire des respirations comme elle l'avait appris. Sa main droite tenait la poignée de la porte tandis que l'autre agrippait son *chum* par le bras. Paul était sous le choc. Il attendit que la contraction cesse. Ensuite, il appela Justine sur son cellulaire.

— Maman, où êtes-vous rendus ? hurla-t-il sans même prendre le temps de lui dire bonjour.

Justine, saisie d'effroi par le cri de son fils, répondit sur le même ton :

— Mon chéri, qu'y a-t-il ? Nous venons de passer Montmagny.

— C'est Zoé ! Elle a perdu ses eaux. Ça coule partout dans l'auto. Qu'est-ce qu'on doit faire ?

Justine ordonna à Pierre de s'arrêter à la halte routière toute proche. Ce dernier fit signe à Rose qui suivait. Les deux automobiles se garèrent côte à côte. Justine demanda des détails à Paul :

— Où êtes-vous, mes chéris ? Je ne vous vois pas. Je croyais que vous nous suiviez.

— Nous sommes à Beaumont parce que nous voulions acheter de l'eau. *Mom*, crois-tu qu'on a le temps de se rendre à Québec, au Centre mère-enfant du CHUL ?

Rose, Maryse et Pénélope étaient debout à côté de la fenêtre ouverte de Justine, prenant conscience du changement de programme de Paul et Zoé. Justine posa plusieurs questions à Zoé pour évaluer la situation. Ensuite, elle suggéra fortement au couple de retourner à Québec.

— Effectivement, le CHUL jouit d'une excellente réputation grâce à son Centre mère-enfant. Voulez-vous qu'on vous accompagne ?

Après quelques secondes d'hésitation, Zoé répondit calmement :

— Non, non ! Continuez votre route. Brigitte serait tellement déçue. On vous donnera des nouvelles plus tard. On rentre à Québec.

Zoé ordonna à Paul de se remettre en route immédiatement. Émotive, Justine descendit de la voiture pour respirer un peu et expliquer la situation à ses compagnons de voyage. Après quelques minutes de tergiversation, le groupe décida de repartir. Justine se chargerait de communiquer les nouvelles aux autres enfants avant d'atteindre Kamouraska.

Paul trouvait difficile de conduire tout en prenant soin de Zoé. Celle-ci craignait qu'il accélère trop et soit arrêté par la police. De son côté, il s'efforçait d'éviter les trous et les bosses qu'elle ressentait brutalement dans tout son corps. Ils arrivèrent au CHUL trente-cinq minutes plus tard. Les contractions étaient toujours aux cinq minutes. Soudainement, ils se rendirent compte qu'ils n'avaient ni les valises ni les documents de suivi de la grossesse.

— On a l'air de deux beaux nonos ! s'esclaffa Paul, soulagé d'être enfin rendu à l'hôpital.

— Les valises, ce n'est pas grave ! souffla Zoé en se tenant le ventre. Et les papiers, on peut les oublier, car ma grossesse a été normale du début à la fin…

Le jeune couple fut pris en charge par le personnel du Centre mère-enfant. Il se sentit immédiatement rassuré. On procéda à un examen sommaire de la mère. L'infirmière annonça aux futurs parents que leur bébé naîtrait probablement vers l'heure du souper.

* * *

Dès que Pierre reprit l'autoroute, Justine s'empara de son cellulaire et envoya un texto à tous les grands enfants. Elle les informa que Paul et Zoé s'en allaient à Québec, au Centre mère-enfant. Quelques secondes plus tard, le téléphone se mit à sonner. Justine passa le reste du trajet à répondre aux questions de tout un chacun qui voulait avoir plus de détails sur l'état de Zoé.

Après avoir appris la nouvelle, Caroline et les siens s'animèrent. Partis plus tôt pour remplir la promesse de dîner au resto si les enfants étaient sages, ils étaient à quelques kilomètres de Kamouraska.

— Les filles, vous allez avoir une autre cousine bientôt, on dirait.

Sue et Sao May se regardèrent en souriant.

— Ça veut dire que ça fait neuf mois que le bébé est dans le ventre de Zoé ? demanda Sue.

Caroline la trouva allumée. Elle répondit :

— Oui, ma chérie.

— Moi aussi, ça a pris neuf mois pour me faire au Vietnam, maman ? s'informa Sao May.

— Oui, mon amour.

Une petite larme au coin de l'œil, Caroline regarda Joël, qui se concentrait sur la route. Il avait perdu quelques mots de la conversation des filles.

Après huit ans de vie commune, ce couple de médecins avait trouvé sa vitesse de croisière. L'adoption des deux gamines et le partage des heures de travail à leur clinique privée avaient sans contredit occasionné des hauts et des bas. Deux ans plus tôt, Caroline et son homme avaient eu une bonne dispute à propos de leur horaire de travail et des nombreuses tâches à la maison. Voyant quelques couples de la famille se briser, ils avaient choisi de passer plus de temps en famille. Ils avaient établi un projet commun : l'achat d'un chalet au Mont-Sainte-Anne.

Bien nantis, ils optèrent pour les sports en famille – l'été, marche et vélo de montagne ou natation ; l'hiver, ski, raquettes et glissades. Ils se retrouvèrent rapidement dans un mode de vie correspondant à leurs personnalités et à l'âge des enfants. Malgré la rareté des longs congés, ils réussissaient à organiser toutes sortes de rencontres avec la famille élargie. Ils avaient même ramené Pierre sur les pentes de ski et permis aux grands-parents de poursuivre leur marche en montagne. Isabelle, Thomas et leurs enfants passaient souvent un vingt-quatre heures avec eux, de même que Julien et Pénélope. Les Biron se rencontraient souvent au chalet avec leur marmaille. Bien sûr, les Chénier en bénéficiaient aussi à l'occasion. Toutefois, plus le temps passait, et plus ces derniers se réunissaient à Kamouraska.

— Papa, on va arriver quand, chez Simone et Léo? demanda Sue, impatiente de jouer avec sa cousine qu'elle n'avait pas vue depuis la dernière fête d'été à Québec.

— Dans quelques minutes, ma chérie, dit Joël. Regarde la pancarte à droite. C'est écrit: *Kamouraska, cinq kilomètres.*

Les deux petites filles se mirent à crier de joie et à chanter sur le siège arrière.

***

— Justine, où êtes-vous rendus? hurla presque Isabelle dès qu'elle eut sa belle-mère en ligne après avoir lu le texto.

— Nous arrivons à Saint-Jean-Port-Joli. Et vous autres?

— On vient de dîner à Rimouski. On reprendra la route dans quelques minutes.

Après qu'elles eurent discuté de la situation de Paul et Zoé, Justine demanda:

— Et votre voyage en Gaspésie?

La famille d'Isabelle et Thomas voyageait plus léger depuis que Béatrice avait dix ans et les garçons, cinq et six ans. Cette fois-ci, ils étaient allés jusqu'à Percé et avaient visité de nombreux attraits touristiques: rocher Percé, excursion à l'île Bonaventure, promenade à Gaspé, dodo dans une auberge des Chic-Chocs. Ils avaient aussi mangé des fruits de mer frais; ces aliments avaient suscité la grimace des enfants et enchanté les parents.

Ce voyage se voulait une récompense pour les enfants, qui avaient accepté de passer une bonne partie de l'été dans des camps et qui avaient pris le chemin de l'école sans faire de chichis. Gabriel avait même cessé de prendre du Ritalin et il semblait désormais plus stable. Il avait repris confiance en lui et, malgré son diagnostic de TDAH, il fonctionnait mieux. Deux ans de visites chez le psy avaient peut-être enfin porté ses fruits. Le couple était enchanté de son déménagement de Saint-Augustin à Lac-Beauport. Isabelle remerciait la vie tous les jours de connaître tant de paix et de bonheur tranquille.

— Ça veut dire que tante Zoé accouchera pendant le *party* chez tante Brigitte ? demanda Béatrice en se dirigeant vers l'auto. Et oncle Paul sera absent lui aussi, je suppose ? Il va vouloir rester avec son bébé…

— Tu as raison, dit Isabelle. On ne choisit pas le moment de l'accouchement ! Ta cousine arrivera un peu avant la date prévue, et ça tombe pendant la fête.

— Ce n'est pas grave, dit Antoine. On ira la voir à Montréal ou alors chez mamie et papi, qui feront un autre *party* pour le bébé.

— Très bonne idée ! approuva Béatrice.

« L'important, c'est que tout aille bien », pensa Isabelle qui gardait un mauvais souvenir de son premier accouchement.

Prenant place dans la familiale, les garçons rouvrirent leurs bandes dessinées et Béatrice remit les écouteurs de son iPod.

Il leur restait environ une heure et demie de route avant d'arriver à Kamouraska. Ils avaient tous très hâte de jouer avec leurs cousins et cousines, d'autant plus que Brigitte et Arnaud avaient un chien, un chat et des poules. Quel plaisir en perspective !

* * *

Quand Julien reçut le texto, il était rendu à Berthier-sur-Mer. Il rangea sa décapotable sur le bord de la route et appela Pierre tout en contemplant le fleuve. Le soleil plombait. Il avait quitté Québec après le dîner et décidé de longer la vieille route 132. Il prendrait tout son temps, écouterait le plus récent CD de Pierre Lapointe en se gavant de paysages d'automne.

Le temps passait si vite ! Julien en manquait pour écouter ses chanteurs préférés. Depuis sa séparation, il s'occupait seul de Pénélope pendant sept jours d'affilée et prenait ses rendez-vous chez sa psy dans l'autre semaine. Il en profitait aussi pour aller au cinéma, rencontrer des amis, jouer au squash, multiplier les allers-retours à Montréal et Toronto pour les affaires. Heureusement qu'il avait un portable pour prendre les nouvelles et les appels. Comment aurait-il pu fonctionner autrement ? Comment les gens vivaient-ils avant cette invention ?

À trente-cinq ans, célibataire pour l'instant, Julien se sentait presque heureux. Durant la dernière année, il s'était souvent ennuyé de Rose ! Il avait côtoyé régulièrement la culpabilité et la peine… Mais depuis quelques mois, il avait tourné la page. Il appréciait sa nouvelle vie, et son instabilité des dernières années lui avait beaucoup appris sur l'autonomie masculine moderne.

— Quoi ! Déjà ! s'exclama-t-il. Elle devait accoucher à la mi-octobre, non ?

— En effet, répondit Pierre. Mais la petite a hâte de nous connaître ! Quand penses-tu arriver chez Brigitte, mon grand ?

— Je ne suis pas pressé, papa. Il fait un temps superbe ! Je monte lentement sur la 132 et je déguste chaque minute de ce congé. Je serai là vers dix-sept heures, je crois bien.

***

À Québec, Olivier attendait que Marie-Hélène ramène les garçons de Montréal pour partir vers Kamouraska. Comme elle retardait souvent de quelques minutes, il ne s'inquiétait pas. Ils arriveraient plus tard à la fête de Brigitte, c'est tout. Il s'était passé tellement de choses depuis deux ans ! Il avait appris à accepter sans rechigner les contrariétés mineures, les changements de programme qui, parfois, entraînaient de belles surprises. Le meilleur exemple était sans doute l'arrivée de Chloé et sa fille Marilou dans sa vie.

Après leur première rencontre à une réunion des AA, Olivier avait laissé tomber cette fille trop bien pour lui. De plus, il avait rechuté lors de la vente de la maison et il avait consommé pendant quelques mois. Mais il s'était rapidement repris en main. Le jour de son anniversaire à la mi-novembre 2008, il avait définitivement arrêté de boire et avait retrouvé le chemin des salles des AA. S'il n'avait plus de rechutes d'alcool, il avait cependant beaucoup de «rechutes de larmes» après ses rencontres avec Marie-Hélène.

La famille lui manquait et l'idée d'être un père monoparental lui donnait la nausée. Il avait tant rêvé d'avoir une famille conventionnelle et unie. Il s'était promis que ses garçons ne se promèneraient pas entre la maison de papa et celle de maman. Ses amis des AA continuaient de lui parler d'acceptation et non de résignation. Mais Olivier n'y arrivait pas. Un nuage d'angoisse l'habitait tandis qu'il développait sa confiance en la vie et qu'il espérait guérir un jour de sa peine d'amour.

Avant Noël 2008, il avait revu Chloé dans une réunion. Encore une fois, il avait constaté que cette fille lui plaisait. Cependant, hormis quelques sourires, la belle ne s'était pas intéressée à lui. Au printemps, par hasard, ils s'étaient croisés au Grand Théâtre de Québec un beau dimanche après-midi, accompagnés de leurs enfants. Ils étaient abonnés aux Concerts famille de l'Orchestre symphonique de Québec. Se voir dans ce contexte s'était avéré totalement surprenant. Ils avaient senti qu'ils avaient des atomes crochus mais étaient demeurés réservés l'un envers l'autre. Par la suite, ils s'étaient revus à un autre concert. Toutefois, à cette occasion, ils n'avaient pas non plus prolongé leur rencontre.

Un jour, toujours avec leurs enfants – le monde est petit à Québec –, ils s'étaient retrouvés sur la plage de Beauport. C'était le 24 juin 2009. Plus la journée avançait, et plus les enfants – Jules, Mathéo et Marilou – s'amusaient ensemble pendant que les parents échangeaient sur les péripéties de la dernière année. Chloé n'avait toujours pas de relation stable et Olivier se remettait tant bien que mal de sa séparation et de son déménagement. La vie n'était pas facile, selon eux, mais le meilleur était à venir – du moins l'espéraient-ils.

Après ce magnifique après-midi, ils s'étaient donné un premier rendez-vous pour une promenade sans les enfants. Cette fois-ci, les affinités s'étaient multipliées rapidement. À la période des fêtes 2009, Chloé et Olivier savaient qu'ils s'étaient trouvés et que l'amour était au rendez-vous.

C'est à Bois-des-Hurons, le jour de Noël, que Justine avait revu pour la première fois la belle Chloé qui l'avait tant impressionnée vingt ans auparavant. Que d'émotions à contempler ce visage qui ressemblait à s'y méprendre à celui de la Louise de ses souvenirs. Lorsque les deux tourtereaux avaient raconté leur rencontre sur la plage de Beauport avec les enfants, Justine s'était mise à fredonner l'air du film *Un homme et une femme*. Pierre, qui avait saisi immédiatement la similitude des événements, avait souri à Justine.

— Quel romantisme ! s'était-il écrié. C'est comme dans le film culte, les enfants.

Olivier et Chloé ne connaissaient pas ce film des années 1960. Ils s'étaient donc contentés des sourires complices des parents.

D'un mois à l'autre, leur relation avait si bien évolué qu'ils avaient emménagé ensemble en juillet dernier. Déjà trois mois qu'ils vivaient dans un grand appartement près de l'université. Les enfants du couple avaient passé un bel été.

Dès l'arrivée des deux garçons, la petite famille reconstituée d'Olivier, Chloé et des trois enfants partit pour Kamouraska. Aujourd'hui, pour créer une diversion, elle embarquerait sur le traversier entre Québec et Lévis pour se rendre sur la rive sud. Les enfants adoraient prendre le bateau et, de Lévis, il ne resterait qu'une heure et demie de route pour atteindre la fermette de Brigitte et Arnaud.

Le cellulaire sonna alors que le bateau accostait à Lévis et que les voitures s'apprêtaient à débarquer sur le quai. Chloé étant au volant, Olivier prit l'appel. En refermant l'appareil, il s'écria :

— Wow ! Zoé est en train d'accoucher au CHUL. En voilà, une bonne nouvelle !

— Comment ça, au CHUL ? s'étonna Chloé. Qu'est-ce qui se passe ?

— Zoé a perdu ses eaux dans l'auto, alors que Paul et elle arrivaient à Beaumont. Ils ont foncé vers Québec. Pas le temps d'aller à Montréal !

— Wow ! Ton frère doit être drôlement énervé. Ça va vite pour eux en ce moment.

— Comment appelleront-ils leur petite fille ? demanda Marilou.

— Cet été, ils parlaient de deux prénoms : Élizabeth ou Camille, répondit Chloé.

— Est-ce que le bébé naîtra pendant le *party* ? questionna Mathéo.

— Est-ce que papi et mamie organiseront une fête pour qu'on voie le bébé ? interrogea Jules à son tour.

Les deux parents se regardèrent. Ils sourirent face aux questions spontanées des enfants.

— On verra, on verra ! indiqua Olivier. Pour l'instant, il faut débarquer de ce bateau. Bon, les enfants, aidez-moi ! La marée est très basse et le quai est très haut. Allez ! Poussez et forcez !

Chapitre 19

Tous les voyageurs arrivèrent chez Brigitte entre seize et dix-sept heures. Évidemment, après les nombreuses embrassades, le sujet de conversation dévia automatiquement sur l'absence compréhensible de Paul et Zoé. Tout le monde était énervé et y allait de son commentaire, de prévisions concernant le poids du bébé et l'heure de l'accouchement. On racontait ses expériences personnelles d'un tel événement.

À dix-sept heures, ils levèrent un premier verre à Paul, Zoé et leur future fille. Puis ils trinquèrent en l'honneur des propriétaires qui pendaient la crémaillère en cette magnifique journée d'automne, ainsi qu'au lancement officiel du fromage d'Arnaud.

Alors que les enfants couraient partout dans la fermette, effarouchant les poules à souhait et essayant d'attraper les chats et le chien, Brigitte sortit une trempette et le panier de légumes de la voisine. Les adultes jasaient calmement. On sentait tout de même que l'atmosphère était survoltée. Que se passait-il à Québec ?

Soudain, une voiture s'arrêta dans le stationnement et deux inconnus se dirigèrent vers le groupe. Tous les regards se tournèrent vers eux. Un silence d'appréhension s'abattit sur la tablée. Qui étaient ces visiteurs imprévus dont l'un portait un appareil photo en bandoulière ?

— Mesdames et messieurs, nous désirons parler à M. Arnaud, annonça l'homme en cravate.

L'interpellé s'avança d'un pas, étonné mais sûr de son bon droit sur son terrain.

— Que puis-je pour vous, messieurs ?

L'homme se précipita vers lui alors que le photographe mitraillait de tous les côtés.

— Monsieur Arnaud, j'ai l'honneur de vous remettre la médaille de la création de l'année du concours des Fromageries du Québec 2010. L'Arnaudraska a été choisi parmi deux cent trente fromages. Tant sa saveur que sa tendreté et son arôme lui ont valu la plus haute mention.

L'homme passa au cou du fromager un ruban multicolore auquel pendait une médaille d'or à l'effigie des Fromageries du Québec. Le photographe prit plusieurs clichés de la remise officielle tandis que toute la famille applaudissait le récipiendaire.

Perplexe, Arnaud bredouilla :

— Comment avez-vous su pour mon fromage ? Le lancement officiel est aujourd'hui et se passe en famille seulement !

Brigitte s'avança, un sourire narquois aux lèvres.

— C'est moi la coupable, mon chéri. Connaissant ton désir de perfection, je savais fort bien que tu n'aurais jamais osé envoyer ta première création à ce concours !

— Ah bon ! C'est ça le téléphone de ce matin et la raison de tes espiègleries incompréhensibles durant toute la journée ? Tu le savais, n'est-ce pas ?

Tous – photographe et président du concours compris – éclatèrent de rire. Ensuite, ils visitèrent la fromagerie et goûtèrent l'Arnaudraska dans toute sa fraîcheur, accompagné de rosé, de pain et de raisins. Les adultes s'esclaffèrent à nouveau quand Gabriel s'écria :

— Il pue, ce fromage ! Il sent la vieille chaussette.

Pénélope renchérit :

— Il pue vraiment beaucoup ! Moi, je n'en mange pas, en tout cas. Beurk !

Pierre avala une grosse bouchée avant de répliquer :

— S'il pue, c'est la preuve que c'est un fromage réussi, les enfants ! Félicitations, Arnaud ! Nous sommes tous très fiers de toi.

Après les poignées de main et quelques photos supplémentaires, les visiteurs quittèrent les lieux. Les hommes de la famille portèrent en triomphe le médaillé jusqu'à la table où le repas serait servi. Cabotin, Arnaud les remercia d'un petit laïus de circonstance, qu'il termina en soulignant avec son léger accent français :

— Ce n'est rien, faire un fromage ! Pensez à ce qu'accomplit Zoé en ce moment…

Les enfants scandèrent en chœur : « Zoé ! Zoé ! Zoé ! » Les adultes se levèrent et trinquèrent à la santé du futur bébé. Justine demanda à Pierre de monter la tonalité du cellulaire au maximum. Elle craignait de ne pas entendre la sonnerie.

Le repas se déroula agréablement. À peine l'entrée terminée, le cellulaire de Pierre sonna. Toutes les têtes se tournèrent vers lui, qui, d'un geste brusque, réclama le silence.

— Allô ! s'écria-t-il. C'est toi, Paul ?

Pierre se leva de table et s'éloigna un peu en signifiant de la main qu'il s'agissait d'une tout autre affaire. Tous l'entendirent discuter âprement en haussant légèrement le ton. Il termina en clamant :

— Non ! Non ! Rappelez-nous la semaine prochaine. Nous sommes à Kamouraska et notre décision n'est pas encore prise. Est-ce clair ?

Pierre revint s'asseoir. Il glissa quelques mots à l'oreille de Justine, qui soupira profondément. Aussitôt, Brigitte questionna :

— Est-ce qu'on peut savoir ce qui se passe ?

D'un hochement de tête, Justine fit signe à Pierre d'aviser les enfants.

— C'est encore l'agent immobilier, dit-il. Vous vous souvenez, il y a dix ans, que M. Gonthier voulait le mandat pour vendre l'Auberge Inn…

Voyant Pierre hésiter, Justine prit la relève :

— Depuis quelques mois, l'idée de vivre en condo nous est revenue. Vous devez comprendre qu'on y pense : on vieillit et l'entretien du terrain et de la maison exige beaucoup de travail. Il faut encore repeindre cette année et Pierre commence à trouver cela éreintant. Par hasard, l'autre jour, on a rencontré M. Gonthier. On lui a posé quelques questions sur l'état du marché immobilier. Depuis ce temps, il nous relance sans arrêt et on réfléchit…

Les réactions des enfants fusèrent. Un tollé général s'éleva :

— Pourquoi ne pas payer un peintre ? proposa Olivier.

— On peut organiser une corvée de groupe durant les vacances d'été, suggéra Julien.

— En plus, il y a plein d'entrepreneurs pour déneiger, l'hiver ! cria presque Isabelle.

— Et pour tondre le gazon, l'été ! renchérit Rose.

— Est-ce que ça veut dire qu'on perdra les canards ? s'enquit Pénélope d'une voix larmoyante.

— Où est-ce que tante Zoé et oncle Paul coucheront quand ils viendront à Québec avec le bébé ? s'inquiéta Béatrice.

Même Maryse s'en mêla :

— Voyons ! Avez-vous des problèmes de santé ? Des problèmes d'argent ? Vous êtes encore si jeunes, tous les deux !

— C'est vrai ! affirma Caroline d'un ton catégorique. Vous êtes en pleine forme et vous marchez régulièrement en montagne !

La rébellion s'interrompit brusquement lorsque le téléphone de Justine sonna. En une fraction de seconde, tous se calmèrent – du moins en apparence. Tremblante, Justine se leva et prit son cellulaire. Cette fois, c'était Paul.

— *Mom*, tu es une fois de plus grand-mère depuis quatorze minutes ! cria le nouveau papa dans l'appareil que Justine avait tourné vers le groupe.

Tous applaudirent chaudement. Justine réclama le silence pour entendre le prénom de l'enfant que Paul annonça triomphalement :

— Ce sera Camille, maman !

— Comment se portent Zoé et la petite ?

— Zoé va très bien et le petit aussi.

— De qui parles-tu ? Combien pèse ta fille ?

— *Mom*, calme-toi et écoute ce que je te dis. Camille, notre petit garçon, pèse huit livres et quatre onces.

Justine tomba mollement sur sa chaise et chuchota presque :

— Comment ça, un garçon ? Ce devait être une fille. Explique-moi, Paul...

— La seule explication est que le petit bout n'était pas visible à l'échographie. Ça arrive plus souvent qu'on le pense, *mom*.

Justine, éberluée, passa le cellulaire à Pierre. Puis ce fut au tour de Brigitte et d'Olivier de jaser avec leur frère. Enfin, tous reprirent place à la table pour trinquer à la santé des nouveaux parents et de la surprise de la soirée, le petit Camille. Après, Arnaud leva son verre encore une fois et s'exclama en rigolant :

— Il n'y a pas à dire, la belle Zoé s'est drôlement gourée avec ses signes !

Ce fut l'hilarité générale alors que Brigitte et Rose apportaient les pâtes et le pain. Un soleil rouge descendait sur le fleuve, traversé par une volée d'oies blanches qui partaient vers le sud.

Trente minutes plus tard, Arnaud alluma les lanternes chinoises autour du site pendant que les parents allaient chercher des vêtements chauds pour les enfants.

Brigitte revint de la cuisine avec les desserts et les cafés. Justine, en mère avertie, vit aussitôt la larme au coin de l'œil de sa fille. Elle lui murmura tendrement :

— Que se passe-t-il, ma chérie ?

— Ah ! Ce n'est rien ! Je suis tellement contente pour Paul et Zoé.

Tout en servant les convives, elle ajouta d'une voix triste :

— Ces jours-ci, j'espérais apprendre que j'étais enceinte. Mais c'était une fausse alerte.

— Ce n'est pas grave ! lança Arnaud qui coupait le gâteau. On va se reprendre, ma belle cachottière.

Olivier se leva et demanda le silence.

— Je vous annonce qu'en remplacement de la petite fille de Paul et Zoé vous pourrez bercer la nôtre dans six mois. Chloé est enceinte et elle accouchera en avril prochain.

Un brouhaha s'éleva. Les enfants criaient et sautaient de joie, les adultes embrassaient Chloé et serraient la main d'Olivier qui n'avait pas volé sa part de bonheur. Brigitte riait et pleurait dans les bras de Justine.

Un peu plus tard, encore une fois, un cellulaire fit entendre sa sonnerie impertinente. Tous se tournèrent vers Maryse qui fouillait vivement dans son sac à main à la recherche du coupable. Après quelques minutes, elle referma l'appareil, les yeux pétillants de joie.

— Que t'arrive-t-il ? s'enquit Justine qui savait percer le regard de son amie.

Maryse demanda à Rose de la rejoindre avant de prendre la parole devant les invités qui savouraient le gâteau et la salade de fruits frais apprêtés par Brigitte :

— Mes amis, nous aussi, nous avons un secret à vous confier.

— Tu n'es pas enceinte, toi aussi, Maryse ? plaisanta Pierre sous les rires de la bande.

— Non, non ! Ou plutôt oui ! Rose et moi sommes enceintes d'un beau projet commun. Jean-Yves vient de me confirmer que notre offre d'achat du bâtiment où loge mon commerce a été acceptée. Aidée financièrement par Rose, je triplerai la superficie du comptoir traiteur et j'offrirai les produits du terroir québécois. Ce sera une première dans la rue Saint-Jean.

— Tu pourrais vendre mes fromages ? s'exclama aussitôt Arnaud, si fier de sa première création.

— Évidemment, mon cher ! Il en sera de même pour les produits de ta voisine.

Une salve d'applaudissements retentit encore. Certains redemandèrent du vin pour fêter cette énième annonce prometteuse de la soirée. Mais Brigitte suggéra de servir du café, car tout le monde reprendrait la route bientôt.

Justine n'était pas encore au bout de ses peines. À son grand désarroi, Pénélope revint sur un sujet non réglé. La petite demanda :

— Oui mais, papi et mamie, allez-vous vendre l'Auberge Inn ?

Une autre fois durant la fête, un silence religieux étreignit l'auditoire. Tous se tournèrent vers Pierre et Justine, la bouche ouverte et les yeux écarquillés. Ces derniers se consultèrent pendant quelques instants, puis ils se levèrent solennellement. Pierre se racla la gorge et déclara avec émotion :

— Mes enfants, nous avons décidé que la chambre en pignon sera repeinte avec l'aide que vous nous avez gracieusement offerte plus tôt en soirée. Cette pièce deviendra la chambre de Camille.

Des hourras se firent entendre. Mi-figue, mi-raisin, Justine lança :

— Est-ce que ce sera tout pour les nouvelles, ce soir ?

Tout le monde cria à l'unisson :

— Oui ! Oui ! C'est assez !

Alors Justine invita Béatrice à chanter la chanson qu'elle avait préparée spécialement pour cette fête. La fillette de dix ans alla s'installer au bout de la table, tandis que les plus jeunes prenaient place sur les genoux des parents. L'horizon, encore teinté de rouge foncé, était annonciateur d'une belle journée pour le lendemain. Les premières étoiles faisaient leur apparition dans le ciel.

De sa voix claire et pure, Béatrice entonna *a capella* la composition de Luc Plamondon, *L'hymne à la beauté du monde*:

«Ne tuons pas la beauté du monde
Ne tuons pas la beauté du monde
Ne tuons pas la beauté du monde
Chaque fleur, chaque arbre que l'on tue
Revient nous tuer à son tour»

Brigitte joignit sa voix mélodieuse à celle de l'enfant en la serrant sur son cœur rempli d'amour et d'espoir:

«Ne tuons pas la beauté du monde
Ne tuons pas le chant des oiseaux»

Spontanément, toute la famille entonna en chœur:

«Faisons de la terre un grand jardin
Pour ceux qui viendront après nous
Après nous»

Dans l'auto, en route vers Québec, Pierre prit la main de Justine et lui dit doucement:

— Ma chérie, que dirais-tu d'aller dormir à Bois-des-Hurons ?

— Quelle bonne idée, mon beau romantique…

Pierre ouvrit la boîte à gants. Il choisit un CD, qu'il inséra dans le lecteur. Justine sourit. Elle ferma les yeux alors que résonnaient les premières notes du *Canon* de Pachelbel.

Remerciements

Merci à tous ceux et celles qui m'ont encouragée dans mon projet d'écriture, particulièrement mon mari Gérard, mon premier lecteur qui m'assure un appui indéfectible et me donne des suggestions toujours appréciées.

Merci à ma voisine Suzanne St-Onge, celle qui fignole si adroitement le phrasé.

Merci à mes amies Ghislaine et Micheline qui m'ont accompagnée tout le long de ces années d'écriture.

Encore merci à Geneviève, Jean-François, Jenny et Dominic ainsi qu'à tous les autres, enfants, beaux-fils et belles-filles, qui m'ont tant inspirée et que j'aime de tout mon cœur.

M
MARQUIS
Québec, Canada